文芸社セレクション

安政七年三月三日 江戸出開帳

―桜田門外の変 極秘話

山河 邑

YAMAGA Yuu

文芸社

目次

根本山神社別当大正院……5
桐生天満宮……27
太田金山新田寺大光院……45
熊谷宿本陣……70

根本山神社別当大正院

　三月というのに、また真冬のような寒さである。空一面に広がった灰色の空は、朝日を遮り、時おり流れ込む冷気は、根本川（桐生川）渓谷に溜まって、厚みを増していた。根本山から吐き出された水は、下るにつれ勢いを増し、深い渓谷を刻みながら、荒砥村《あらとむら》の渡良瀬川に向かって、うねるように流れている。その深い谷が広がり出した所に、大正院があった。それでもまだ、大正院を取り巻く山々は、急峻であった。そんな急な山の斜面にも、ようやく春の訪れが感じられるようになったが、今日はまた冬に逆戻りである。

　上州（群馬）との県境、野州（栃木）安蘇郡飛駒村今倉の「大正院」十世永信法印は、何度も空を見上げた。大正院は天正元年（一五七三年）四月一日、初代良西先師によって、根本山神社の別当寺として、この場所に創建された。大正院の在るこの辺りは、根本川を挟みつける山稜が、日光にまで続き、北に行くほど高みを増した。唯一南だけは、急速に標高を下げていく山々が、緩やかな起伏となって、広大な関東平野に飲み込まれていった。その関東平野も、今朝は垂れ込める雲に隠され、姿を見ることができない。これから向かう武蔵国（埼玉、東京）は、すでに何かが降っているように思えた。

永信は「ふうーっ」と、胸につかえていた空気を、静かに吐き出した。

『この分だと、江戸は降っているだろう。この辺も降り出さなければよいが！　もし雪でも降ってきたら、山路はさぞかし難儀な事であろう。そのような事になったら、出開帳を延期したいくらいだが、そのような勝手は出来るはずもない』

そんな思いが、頭の中を駆け巡り、気分は沈むばかりであった。

本来ならば、初めての江戸での出開帳である。多少の不安は有るにせよ、様々な期待で、心躍るような門出になるはずだった。それなのに、永信の表情には、そんな様子は微塵もなかった。それどころか、裁きを待つ罪人の様な顔をしているのである。それは空模様と、初めての江戸での出開帳に対する不安だけが、原因ではなかった。

この江戸出開帳は、領主の井伊直弼から、突然持ち掛けられた話で、永信にとっては、全く思いもよらぬ事だった。十五年前の弘化二年（一八四五年）二月の火事で、堂宇のすべてを失くし、再建に苦労していた時だった。突然領主の井伊家から、彦根藩江戸上屋敷に呼び出されたのである。

領主の彦根藩十三代藩主井伊直弼は、安政五年（一八五八年）四月に、幕府の大老に就任したばかりで、一年も経っていない時の事だった。大老になった直弼は、その二か月後に、日米修好通商条約を、天皇の勅許も得ないまま結び、尊王攘夷派から猛反発を受けていた。そして九月になると、尊王攘夷派に対して、容赦のない弾圧を始めた。そんなさ中のことだった。

永信は江戸外桜田の、彦根藩井伊家上屋敷に呼び出され、初めて藩主の直弼と面会した。そして、直々に江戸両国回向院での、出開帳を勧められたのである。その内容というのは、「本所深川回向院で、六十日程度の出開帳を行ったらどうか」というものだった。更に「その際には、一万石の大名並みの格式と規模で、行列を仕立ててまいれ」と言われたのだ。

大正院は永信の先代、九世永良法印の時から、関東信越を中心に、遠く蝦夷地からまでも、参拝者がやって来るようになった。しかし江戸で出開帳を行うほど、名が知れているとは、とても言えなかった。江戸に信者が増えたとは言っても、名前だけで新たな参拝者を呼べるような、知名度ではなかったのである。そんな現状であったから、莫大な費用が掛かる、江戸での出開帳など、まったく思いもよらない事だった。しかし領主井伊直弼からの勧めとあれば、断るわけにはいかない。そうであるならば、むしろこの出開帳を、大正院の名を広める絶好の機会と捉え、大いに活かすべきであると、思うようになった。さらに再建の為の資金を集めるには、これに勝る方法は、ないのではないかと思った。

その為には回向院の出開帳に、一人でも多くの参拝者を、集めなければならない。それには先ず、大正院や、根本山神社の名前を、江戸の庶民に知ってもらうこと。その為に、〔根本山神社〕〔大正院〕と、大書されたのぼり旗や、長持ちや、馬の鞍に立てる木札を、余るほど用意した。その上で、永信や院代の義道が乗る駕籠は、大名駕籠にも勝るとも劣らないようなものを用意し、根本山神社の神輿は、小さいながらも、黄金のかたまりと呼べるほど、きらびやかなものを新調した。さらに大正院の本尊である薬師如来を載せる輿も、厨子を収めるだけにしては贅沢な拵えで、見るからに格調の高さを、うかがわせるものだった。

それに加えて、それらを警護する侍が十八人と、山伏が二十人というような物々しさである。見る者の関心を、引かぬはずはなかった。そして山伏が吹き鳴らす法螺貝と、出開帳を告げる口上は、多くの住民を通りに誘い出し、きらびやかな神輿と、格調高い輿は、目にした者を、感嘆させずにはおかないに違いなかった。そう想うと、この江戸出開帳に寄せる期待は、ますます膨らんでいくのだった。その他にも、期待を膨らませる大きな理由があった。それは大正院のある野州飛駒村今倉が、江戸から片道三日もかかる山の中で、参詣には、相当な苦労と困難を、伴ったからである。

江戸からの参詣人の多くは中山道を通り、武州（埼玉）熊谷宿から、根本山参詣道を辿って上州に入った。途中、妻沼で利根川を渡り、上州山田郡広沢村で、渡良瀬川を渡って、根本川上流の大正院を目指した。渡良瀬川から大正院までは、途中の浅部村辺りまで平坦で緩やかな道であるが、そこから先は本格的な山路になった。根本川沿いに付けられた路は、大正院に近づくにつれ、滑落や転落、落石に注意しなければならない程、険しくなるのだった。そんな参詣路を、息を切らしながら、ようやく大正院に着くのである。

更に根本山神社の御本社は、大正院から根本川を遡り、標高四千尺（一一九九メートル）の根本山の山頂直下に在った。大正院から根本山神社御本社への登拝路は、途中鉄梯子や鎖場もあるような険しい路で、丸一日かけて、やっと戻ってこられるほどだった。そういう困難を克服して参拝すればこそ、願いは叶うものだと、熱心な信者は思っていた。だから鎖が掛かる岩場が出てきても、鎖にしがみついて登った。そんな根本山神社登拝の路であったから、参拝はまさに命がけでもあった。その根本山神社の神輿と、大正院の御本尊が、江戸にやって来るのである。喜ばない信者は、いないに違いなかった。

そんな困難を伴う参詣であっても、ものともせずやって来る信者が、先代永良の時から急に増えた。なかでも江戸での増加は、想像を超えるものだった。その一番のきっかけは、天保二年（一八三一年）、十一代将軍家斉の側室、歌浦殿の病気平癒の為に、江戸城に呼ばれた永良が行った加持祈禱である。この加持祈禱で、歌浦殿が奇跡的な回復を遂げると、永良の評判が江戸市中に広まり、永良の名前と共に、大正院、根本山神社の名前も、徐々に知られるようになったのである。

そんな江戸にあって、大正院や根本山神社にやって来る信者のほとんどは、講に入って、代参人の順番が回ってくるのを待っていた。そういう信者の中には、命がけの御本社登拝をしてこそ、御利益があるものと、信じる者もいたが、危険な登拝は諦めて、根本山神社の里宮と、大正院だけで、帰ってくるという者も多くいた。

そんな現状であったから、江戸で根本山神と、大正院の御本尊に参拝出来るのは、夢の様な話に違いなかった。だからきっと、江戸の信者は勿論のこと、その周りの者達も、信者の誘いにつられて、こぞってやって来るに違いないと思われた。そんな訳で、永信の期待は、日を追ってどんどん膨らんでいったのである。

しかし、いよいよその日が近付いたある日、そんな期待に冷や水を浴びせるような、書状が届いたのである。それは、彦根藩江戸上屋敷からの注意喚起であった。その内容というのは、「道中、水戸の天狗に、警戒を怠らぬように！」というものだった。

水戸の天狗とは、尊王攘夷の急先鋒であった水戸藩の中でも、特に過激派と呼ばれた集団のことだった。彼らが天狗とよばれたのは、九代藩主斉昭誕生に、大きな貢献をしたことで破格の出世をし、増長した様子が、鼻高の天狗に喩えられたからである。

その天狗一派が、大老となった井伊直弼が行った、尊王攘夷派に対する弾圧で、大打撃を被ったのである。彼らの大老井伊直弼に対する恨みは、凄まじいものがあった。

いつか必ず、彼らの仕返しが有るに違いないと、彦根藩は思っていた。しかしそれが、いつどこで、どの様な形で起こるのか、誰にも予測出来ない事だった。そんな状況の中での、江戸出開帳であったから、念の為に言ってきた事と、永信は思っていた。

それ故、その書状が彦根藩からもたらされた当初、永信はあまり気に留めなかった。

『井伊の殿が行った、尊王攘夷派に対する取り締まりと、此度の江戸出開帳に、何か関係があるのか？　そもそもこの出開帳は、火事で堂宇の全てをなくした大正院が、その再建資金を集める為のものである。尊王攘夷派に狙われる理由はない。敢えて理由らしきことと言えば、大正院の在る飛駒が、井伊家の所領であるということだけである。たったそれだけの事で、襲ったりするのだろうか？　まさかそんなことはなかろう』

初めはそう思っていた永信だったが、よくよく考える内に、そうとも言い切れないのではないかと気が付いた。それは出開帳の行列を、一万石の大名並みの格式と、規模にして、護衛は彦根藩から侍十八人、大正院と上飛駒村の大覚院とで、山伏二十人というような、物々しさである事。その行列の内容も、田舎の山寺にすぎない大正院にとっては、あまりにも分不相応である事。これらは全て、大老井伊直弼の指示であった。

『そこには、出開帳の行列に威厳を持たせ、世間の関心を引くという理由の他にも、隠された理由が、有るのかもしれない』と思うのだった。

そして、『そうでなければ、あれほどの護衛は、必要であるはずがない。もしかすると、それが井伊の殿が出開帳を勧めた、真の理由かもしれない。それを水戸の天狗が狙っているのかもしれない』と、永信は思った。

『しかしその隠された理由とは、この行列に出開帳以外の目的が、有るという事なのか？　そうだとすると、その目的とは何なのか？』永信には、全く見当もつかなかった。

永信は狭い大正院の境内で、右往左往する山伏や人足達を、時折身震いしながら観ていた。寒さと共に、頭の隅から離れない水戸の天狗の事が、永信の体をこわばらせていた。

『井伊の殿が行った、水戸に対する容赦のない取り締まり。その仕返しが無いはずはない。この行列も出開帳以外に、隠された目的があるのだとしたら、狙われるおそれが無いとは言い切れない』

その想いは考えれば考える程、悪い方向に進み、襲われるのは、間違いない事のように思えてくるのだった。そう思うと、急遽かき集めたこの人足達の中にも、水戸の天狗が、紛れ込んでいるのではないかとさえ、思えるのだった。更に江戸までの道中は、中山道に出るまでにも、襲うには、おあつらえ向きと思える場所が、何カ所も有った。永信の不安は、その日が近付くにつれ、急速に膨らんでいった。

永信は大声を張り上げて、この行列の宰領役である、彦根藩佐野奉行所代官、田沼庄左衛門を呼んだ。田沼は叫び声の様な永信の声に、慌ててやって来た。

「何事で御座いましょう？　手違いでも御座いましたでしょうか？」

「否、そうではあり申さぬ。少々気になる事があるので、確認したいのである」

「どの様な事で御座いましょう？」

「実はこの人足達の事なのであるが、身元確認は、怠りなく済んでおるのであろうか？」

　田沼はすぐには答えず、少し間を置いて、恐る恐る答えた。

「その事で御座いましたら、今日まで準備に追われ、名前と在所を聞いただけで確認は出来て御座いませぬ」

「なんと！　ならば人足の中に、水戸の天狗が混じっている可能性も、無いとは言い切れぬのであるな！」

　永信が語気を強めて言った。すると田沼は、すかさず反発するように答えた。

「その心配で御座いましたら、無用に存じます。と申しますのは、飛騨村名主の清兵衛に、地元の者だけを集めるように、強く言い含めておいたので、よそ者が混じっているはずは御座いません。現に、かの者達の会話を聞いておりますと、この辺りの言葉遣いしか、聞こえて参りません。なかんずく、水戸訛りや、常陸（茨城）辺りの方言を使う者など、おりませぬ」

「しかし、その様な訛りや、方言の有り無しで、天狗はおらぬと、言い切れるのであろうか？　中には無口な者も、おるのではなかろうか？」

「それはそうかも御座らぬが、今は言葉遣いから、疑わしいと思われる者は、おらぬということで御座る。何をもって怪しいと思うのか、それは我々警護に任せて頂きたい」

「しかし」と言いかけて、永信は口をつぐんだ。

『宰領殿があのように言い切るのであれば、信じるしかない。これ以上口を挟んでも準備の邪魔をするだけである。何よりも天狗への警戒を、皆が忘れぬ事。そしてその様な兆候を察知したら、いち早く手を打って、相手の襲撃に備えることである。それから先の事は、藩選りすぐりの武芸者揃いと聞く、警護に任せるしかない。そういう意味で、疑念を投げかけた事は、あらためてこちらの思いを、知ってもらえたのではないか？』と永信は思った。しかし道中の事を思うと、『もし襲われたら、状況によっては、如何に腕に自信の侍が十八名居ても、防ぎようがないかもしれない』と思うのだった。

　何しろ大正院の在る飛駒は、野州と上州の国境に、四千尺（一二〇〇メートル）前後の山々が連なる足尾山塊のただ中である。その中でも大正院は、根本山から流れ出た根本川が、深くえぐった峡谷を見下ろす高台にあった。北から南に流れ下る根本川は、東西を急な斜面で挟まれていた。そんな場所に付けられた路は、川沿いの急斜面をよぎったり、沢を跨いだりしながら、川と共に南に下がっていった。そんな場所で襲われたら、逃げ場がないのである。

『何故そんな場所に、大正院は在るのか？』

今まで思ってもみなかった疑問が、突然永信の頭に浮かんだ。それと共に、創建にまつわる謎が、思い出された。

『もしかすると、その謎と、此度の江戸出開帳の隠された目的が、どこかで繋がっているのかもしれない』と思った。

大正院は、永信の御先祖である、天台宗本山派修験の良西先師によって、創建された。良西は、永らく開山されることのなかった、根本山の開山を成し遂げ、山頂近くに大山祇神を祀る小祠を建て、根本山神社とした。そしてその後すぐに、根本山神社の別当寺として、大正院を創建したのである。

『開山の良西先師が大正院を創建した頃は、周辺に住人はもとより、立ち入る者すらほとんどいないような山間の地であったという。そんな山に分け入って、何故神を祀り、寺を建てたのか？』

永信は、準備の様子を漫然と見ながら、開山の事に想いをめぐらせていた。

『その頃先師は、比叡山で修行中の身であったが、織田信長の焼き討ちに遭い、やっとのことで、故郷の飛駒に逃げ帰ってきたと言う。その逃避行の途中、遠州浜松辺りで行き倒れていたところを、神君徳川家康公に救われ、飛駒に帰ることが出来た。その際家康公から、密命を与えられたのではないかと、代々言い伝えられている。しかしその密命の中身が何だったのか、いまだにはっきりしないのである。飛駒に戻った先師は、すぐさま根本山の登頂に挑み、苦難の末に山頂を極め、開山を果たした。そして山頂から南西に延びる岩尾根の途中に、大山祇神を祀った。それが根本山神社の奥宮である。更に先師は、すぐに根本川の中流に、大正院を創建し、根本山神社の別当寺とした。これが当山に伝わる由緒なのだが、家康公の密命とは、恐らくその事で間違いないのではないか？　しかしそうだとすると、家康公は、何故そんな事を、初代に命じたのか？　それにしても謎なのは、短期間で開山と、寺の創建という大仕事を、二つも成し遂げたという事である。とても初代が一人で、成し得た事とは思えない。着の身着のまま、命からがら逃げ帰ってきた早々に、どうしてあのような事が出来ようか。そこにはきっと、逃れられない外からの強迫や、様々な援助が有ったに違いない。そうであるとするなら、それが家康公の、密命の中身であったと思うしかない』

空一面を覆った灰色の雲は、相変わらずはっきりしなかった。そして境内の喧騒も収まりそうになかった。

永信は謎解きを続けた。

『そうは思っても、それで違いないと言い切れる証拠が無いのである。しかし密命の中身が、根本山の開山でないとしたら、比叡山から命からがら落ち延びて、飛駒に帰り着いた早々、何故根本山を開山したのか？　その理由が解らない。たしかに役行者、行基菩薩、勝道上人、弘法大師と、古来名だたる傑僧の伝説が残るこの山は、神宿る聖霊の地であるのかもしれない。それ故、比叡山の修行に入る前から、そういう思いを持っていたのかもしれない。しかし、修行途中で織田信長の焼き討ちにあい、命からがら逃げ帰った初代が、直ちにその様な事に取り組むとも思えないし、取り組んだとしても、永らく前人未到であったあの山の、登頂に成功するとも思えない。ましてやそこに神を祀り、守護する寺まで造ったなどという事は、とても信じられる事ではない。やはり外からの力が有ったからとしか、思いようがない。その力というのが、家康公の密な指令であり、援助であったのだろう。だから家康公の密命とは、やはり根本山の開山であり、大正院の創建であったことに、間違いない』と、永信の想いは、確信に変わっていった。

そして『此度の江戸出開帳の謎と共に、根本山神社と大正院創建にまつわる謎も、井伊の殿は、何かしら御存知なのではないか？』と思うのだった。

　準備に追われる人足達の動きが収まってきて、ようやく静けさを取り戻した境内に、桜の若木が、開きそうになった蕾を震わせていた。永信は、火事で焼け落ちた、開山堂のあった石垣の上から、声がかかるのを待った。しかし、いつまで待っても、御呼びが掛からなかった。ついには、苛立ったように大声を発した。

「田沼殿！　田沼殿！」

　永信が石垣の上から宰領の田沼を、精一杯の声を張り上げて呼んだ。寒さのせいか、いつもより甲高くなった声が、静けさを取り戻した境内に響き渡った。

「今度は何事で御座いましょう？」

　永信の甲高い叫び声の様な呼びかけに、人足達の間を駆けずり回っていた田沼が、慌ててやって来た。

「出発はまだであろうか？　この空模様では、一刻も早く出発したいと思うのだが」

「仰せの通りに御座います。もう間もなく出発出来るかと存じます」

「そうか。なるべく早く頼むぞ！　何分にも初めての江戸出開帳である。余裕を持って江戸に入りたい。それとその日の宿には、必ず明るい内に着きたいと思うのだが、どうであろう?」

「仰せの通りに御座いますが、確約は出来かねます」

と言ったきり、田沼はさっさと、人足達の所に戻って行ってしまった。

永信はもっと何か言いたそうだったが、足早に去って行く田沼の後ろ姿を見送った。

永信には騒がしく立ち回るだけで、一向に作業の進まない人足達の動きが、歯がゆく思えてならなかった。そのわざとらしい動きにも、こちらの目をごまかし、様子を探っているのではないかと、疑いたくなるのである。江戸までの長い道中、どこで何が起こるかわからない。そうでなくても、日程に余裕はなかった。一刻たりともおろそかに出来ないのである。


ところで、大正院を焼き尽くした火事というのは、十五年前の弘化二年二月十四日夜に発生した山火事が、飛び火したものであった。永信にとっては、人生最大の惨事であり、心の底から、死の恐怖を感じる出来事だった。そして、代々二百七十年にわたって築き上げてきた寺の全てが、瞬時にして無くなってしまった事実を、いつまでも受け入れられずにいた。そのことが再建を遅らせた一番の理由だったのかもしれない。

その時の状況は、十五年経った今でも、永信の脳裏にはもとより、体全身にこびりついていた。根本川の対岸の山腹から発生した火事は、強い西風にあおられて、大量の火の粉を大正院に降らせた。絶え間なく降り注ぐ火の粉は、時には松明のようなかたまりまでも、建物に落としてきた。境内のいたる所から火の手が上がり、寺に居た全ての者が、消火に駆けずり回った。頻繁に向きや、強さを変えて吹き付ける強風は、消火する者達の着衣にまで、火の粉を浴びせた。ついに消火を諦め、その場から避難せざるを得なくなった。出来る事は、本尊と僅かばかりの貴重品を、持ち出す事位であった。九棟あった建物は、見る見るうちに、劫火の中で崩れ落ちた。

この火事を境に、永信は別人のようになってしまった。それまでの永信は、先代永良の名声と努力で、歴史ある大寺の様な寺構えまでになったことや、信者の数が修験の山寺とは思えない程、増大したことに慢心し、傲慢で怖いもの知らずの人間になっていた。

しかし火事を境に、やたらと人目を気にするようになり、いつも何かに怯えるような人間に変わってしまった。日光山輪王寺で修行していた頃は、怪力無双の荒法師と呼ばれていたが、そんな面影は微塵もなくなっていた。それが一瞬にして全財産を失い、命の危険におののいた者の姿であった。再建の為に、頭を下げたことのない相手にも、何度も腰を折り、頭を下げた。そうやって、根本川沿いの村や町はもとより、武州熊谷、深谷、忍（行田）、羽生辺りまで足をのばして、寄付や寄進を頼んで回った。しかし十五年経っても、やっと仮の本堂と、粗末な僧房を建てた程度で、元の様に復する事は、永遠に不可能なのではないかとさえ、思えるのだった。

何しろ、最も頼りにしていた、地元桐生新町からの寄付や寄進が、全くと言ってよいほど集まらなかったのである。大正院の発展は、代々の住職の努力と、先代永良の名声と財力に因る所が大きかったが、桐生新町からの支援も、それに劣らず大きかった。その桐生新町に、永信自ら寄付や寄進を頼んで回ったにもかかわらず、その応対はまるで素っ気なかった。この時になって永信は、それまでの自分の態度に気付き、大いに後悔した。

そして『そういうところが、先任の院代「惇郭」と対立した原因だったかもしれない』と思うのだった。火事はその惇郭を、郷里の会津に追放した三日後に起きた。その為、火の気の全くない山中から、出火したことから、惇郭の付け火だったのではないかと噂されていた。

永信は足元に転がる、焼け焦げた木片を一つ拾うと、懐紙に包んで袂にしまった。『何としてでもこの出開帳を成功させ、元の様な大正院を取り戻したい』

様々な不安をかき消すように、焼け焦げた木片に、心を奮い立たせた。

「法印殿！　出発の準備が整いまして御座います。速やかに乗り物へおいで下され」

もう一人の宰領役で、警護頭でもある、彦根藩江戸勤番徒組頭の今村真三郎が、小走りにやって来て告げた。

永信は少しばかり顔を緩ませて、急いで今村の後に従った。永信の乗る駕籠は、まさに大名の乗る乗り物であった。全体が漆塗りで、担ぎ棒は太くて長く、黒光りしていた。その棒の前に、前後三人ずつ、計六人の陸尺（駕籠かき）が立っていた。

永信は思わず顔をほころばせて、開けられた引き戸から、草履を脱いで体を入れた。するとすかさず草履取りが、草履を拾い上げ、底を合わせて腰帯に挟んだ。それを見て永信は、その手慣れた仕草に感心すると共に、駕籠の背もたれに体を預け、思わず知らず湧き上がってくる満足感に浸った。

『これが殿様気分というものであろうか』

永信はつい先ほどまでの、不安や焦りで、いたたまれない思いでいたことを、一瞬忘れてしまった。何しろ今日まで、この様に立派な乗り物はおろか、如何なる駕籠にも、乗る事がなかったのである。山伏である永信に、徒歩以外の移動手段は、有り得ないことだった。

総勢百名を超える行列が、根本川沿いの険しい道を、一日目の宿泊地である中山道熊谷宿を目指して出発した。行列は根本山神社の神輿と、大正院本尊薬師如来を載せた輿、そして永信と院代の乗り物、賽銭長持ち等を中に、両脇を山伏や警護の侍で固めるという隊列であった。

三列に長く延びた行列は、大正院を出るとすぐに、根本川に架かる木橋を渡った。そこが、野州と上州の境であった。そこから先は、上州山田郡で、根本川沿いの山の斜面に付けられた路を、何度も一列になったり、二列になったりして進んだ。乗り物に揺られながら永信は、外の様子が気になって仕方なかった。左右の小窓を開け放ち、右に左にと、忙しく視線を動かした。脇に警護の姿が見えなくなると、特に小窓に顔を付けて、目を凝らした。

そんな山路も、浅部村に至ると、ようやく根本川沿いの広く緩やかな道になった。

『なんとか無事に、山を抜けたか』

永信は、ふっと深い溜息を吐いた。

浅部村から桐生新町までは、根本川を両側から挟み付けていた山稜が、徐々に川から離れ、関東平野の始まりと言っても良い程、広々と見渡せるようになった。

少し安心した永信は、傍らの侍に声を掛けて、宰領の田沼を呼んだ。先頭を歩いていた田沼が、ほどなくしてやって来た。

「お呼びで御座いましょうか？」

「何度も呼び立てて済まぬ。この先の予定の事であるが、この後桐生天満宮で安全祈願が有るが、出発が遅れた分、取りやめにしてはどうであろう？」

永信の問い掛けに、田沼は驚いたように言葉を返した。

「それでは天満宮での御開帳も、取りやめということで御座いましょうか？」

永信は田沼の返答に一瞬顔を赤らめて、面目なさそうに即答した。

「おっと！　そうであった。肝心な事を忘れておった。天満宮でも開帳があったのであるな。開帳をやめるとあっては、本末転倒というものである。そうであれば予定どおり進めるしかない。しかし出来るなら、なるべく早く出発したいものである」

「仰せの通りに御座います。とは申しても、信者はもとより、きっと多くの住民が、開帳を心待ちにしていると思われます。何しろこの新町には、ひと月前から高札場一か所、中札場四か所、小札場十か所以上に告知文を張り出しておきましたので、どれ程の参拝者がやって来るのか、想像もつきませぬ。それ次第で御座いましょう」

〔この当時の桐生新町は、奉公人も含めると、五千人近い住民がいた〕

永信の気持ちは、複雑であった。

『少しでも多く賽銭や、寄付を集めたい。しかしここで時間を取られると、ますます遅くなり、明るい内に熊谷宿に着くのは、難しくなるに違いない。暗い中での行動は、襲われやすくなるであろうし、襲われた時の対応も、難しくなるであろう』

そう思うと、永信の顔からまた明るさが消えた。

桐生天満宮

行列は予定より大分遅れて、天満宮に着いた。永信と院代は、表参道の鳥居の前で乗り物を降りた。永信、院代、田沼、そして警護の侍、山伏の順に鳥居をくぐり、参道を本殿に向かった。それ以外の根本山神の神輿や、大正院本尊薬師如来を載せた輿、賽銭長持ち等道具類は、裏口の通用門から、警護頭の今村を先頭に、境内に入った。

境内の中程に、参道を横切るように堀があって、石橋と板橋が並んで架かっていた。その先右前方に手水舎が有り、そこから本殿までの間には、参道の両側に石灯籠が並んでいた。石灯籠が始まる辺りで、宮司と根本山神社桐生太々講の有志数名が、出迎えていた。

「本日はお寒い中、早朝よりご苦労様でございます」

太々講の世話人が、出迎えの挨拶をした。

「こちらこそ、わざわざ御出迎え頂き、実に恐縮に存じます。その上、この寒さの中、だいぶお待ちになられたのでは、ありませぬか？」

「その様なご心配は、無用に御座います。実は遠くで鳴る法螺貝の音を聞くまで、社務所で待機しておりました。むしろこの寒さの中、あのような山路は、さぞ大変でありましたでしょう。さあ！　どうぞ社務所の方へおいで下され。ささやかながら、講中の方々が、熱い甘酒などを、用意して下さっておるようです」

宮司に促され、永信は宮司の後に従った。他の者達もそれに続いた。見ると境内のあちらこちらに、開帳を待っていると思われる人の姿が有った。

社務所の裏、参道から見えない所に縁台が用意してあり、わずかながら、食べ物もすでに、台上に置かれているようだった。

永信は裏口からやって来た今村を呼んだ。

「早速でありますが、境内の一角を拝借して、開帳の準備を頼みます。場所は宮司殿に聞いて下され」

「かしこまって御座る」

と言って頭を下げると、今村は足早に宮司の所へ行った。宮司に場所を聞くと、社務所と拝殿の間、少し広くなった所に行き、根本山神社の神輿と、大正院の輿を手招きした。

大正院の御本尊が載った輿が拝殿に近い方に、根本山神社の神輿がその手前に、拝殿と直角になるように、東向きに並べて置かれた。それぞれの輿の前には、賽銭長持ちが置かれ、両脇には、侍と山伏が立って、警戒に当たった。

永信は宰領の田沼を呼んで、幾つか指示を出した。

「警護の侍と山伏は、交代で休憩をとらせ、せっかくのもてなしであるので、人足も含め、皆で御馳走になるがよい。それから鳥居と、裏門の所で、法螺貝を吹くように指示して下され。準備が整い次第、法螺貝を合図に、開帳を始めるよう頼みます」

田沼は境内で待機していた侍や山伏に、永信の指示を伝えた。のぼり旗と法螺貝を携えた山伏と侍が、表参道の鳥居と裏門の所に四名ずつ配置についた。もう一つの通用門の所にも、〔根本山神社〕と〔大正院〕と大書されたのぼり旗を持って、侍と山伏が二名ずつで、警戒に当たった。

山伏が法螺貝を吹き始めると、今村が輿のすだれを上げて、大正院本尊が納められた厨子の扉を開けた。そして賽銭長持ちの前で、開帳の始まりを大声で告げた。境内のそこかしこで、開帳を待っていた参拝者が、根本山神社と大正院の輿の前に、集まってきた。それと共に、表参道や裏門から、数人ずつ連れ立って、参拝者が境内に入ってきた。

法螺貝の音を聞きつけてやって来る参拝者は、徐々に数を増し、二つの輿の前で行列をなすまでになった。永信にとっては、まったく予想外の人出であった。

永信があとからあとからやって来る人の姿を、驚きの顔で社務所の陰から覗いていると、宮司がやって来て声を掛けた。

「永信殿。出開帳の成功と、道中の安全を祈願しますので、拝殿においで下され」

「あっ！　そうでありました」

永信は予想外の参拝者に目を奪われて、安全祈願の事を忘れていた。慌てて院代の義道、宰領の田沼、二名に声を掛け、宮司の後に従った。

宮司の祝詞とお祓いが一通り済むと、永信は礼を言って懐から紙包みを取り出し、宮司に手渡した。宮司は紙包みを受け取ると、「いつもながらのお心遣い恐れ入ります」と礼を言って、紙包みを神前に供えた。

永信は「礼を言われる程の事では御座いません。それより身に余るおもてなし、誠に恐縮に存じます」と言って、宮司の顔を見ながら、言葉を続けた。

「ところで、この機会に少しばかり、お訊ねしたい事が有るのですが、よろしいでありましょうか？」

宮司は永信の突然の問い掛けに、驚いたようだったが、快く応じた。

「どの様な事でありましょう。返答に困る事もあるかもしれませぬが、何なりとお訊ね下され」

「実は」と言って、永信は多少緊張した面持ちで、質問を始めた。

「こちらの天満宮の事であります。神君徳川家康公の創建と聞いておりますが、それで間違いないのでありましょうか？」

「間違いありません。天正十九年（一五九一年）東照大権現（徳川家康）様が、この地に新道を造るに当たって、関東代官頭の大久保長安殿に命じられ、移転創建されたものです。それはこの天満宮を、新道の起点とする為で、十町（約一〇キロ）ほど北にあった、天神の小さな祠をお移しになり、この地に社殿を建立されたのです」

「それでは神君家康公は、何故この土地に、新道を造られたのでありましょう？」

「新しい街を造る為ではなかったかと思うのです。その証拠に道が出来ると同時に、道の両側を、間口七間（一二・六メートル）、奥行四十間（七二メートル）に区画し、そこに近郷の農家の次男、三男を強制的に住まわせたのです。それがこの新町の始まりなのです」

「では何故家康公は、ここに町を造ろうとしたのでありましょうか？」

「その理由については、何も伝わっておらず、推測するしかありません。幾つか説が有るようですが、信じるに足るものではありません。本当のところは、いまだに解っていないのです」

永信は『肝心なところが伝わっていないのは、大正院と同じではないか』と思った。『それにしても家康公は、天正十九年という関東に移った翌年に、何故江戸から遠く離れたこの場所に、街を造ろうと思われたのか？　それを知る手がかりが、全くないということは考えにくい。直接繋がらなくても、何かしら有るに違いない』と思うのだった。

永信は更に質問を続けた。

「天満宮の創建が天正十九年とのことですが、家康公が江戸に入られたのは、天正十八年八月一日。江戸の街造りにも、手がついていないような時期に、どうしてこんな関東平野最北端の遠隔地に、手を付けたのでありましょう？　その頃のこの辺りの様子は、どの様であったので御座いましょう？」

「まさしくその事が、全く不可解なのであります。関東に移られる前から、この土地を知っていたとは思われませんし、外部からの進言とか、何か特別有益な情報が有ったとも思われません。何しろ当時この辺りは、砂礫に覆われた荒砥の地で、人家はおろか、耕作地も、全く無かったと聞いております。ですから、この町も初めの頃は、荒砥新町と呼ばれていたのです。むしろここより北、根本川に山が迫ってくる辺りに、何人か住んでいたようです。それ以外は廃墟となっている山城の跡と、法印殿の大正院。そして根本山の山頂近くに、根本山神社が在っただけなのです。そこから先は、遥か日光まで続く勝道上人修行の峰々と、前日光に古峰神社があるだけです。そんな様子でしたから、慌てて道を造らなければならない理由が有ったとは、到底思われないのです」

永信は宮司の話に驚くと共に、思わず『我が意を得たり』と、ばかりに興奮して、早口で質問を重ねた。

「今のお話から推察しますと、神君家康公が、ここに道と街を造ったのは、まさに我が大正院と、根本山神社が在ったからと、言えるのではないでしょうか？」

「さて、それは何とも分かりかねます。それとも、大正院にそのような証拠でも御有りなのでしょうか？」

「いえ、我らが寺には、それを裏付けるような物は何一つありません。ただ宮司殿のお話からすると、その様に考えるしかないのではないかと思うのです」

宮司は黙って聞いていた。

永信はこんなにも早く、己の推測が間違っていないことを裏付ける事実が出てきたことに驚いた。そして『まさにこの場所に新道を造り、街を造ったのは、大正院と根本山神社があったからなのだ。これで家康公の密命の中身が大正院と、根本山神社の創建であったことは、いよいよ疑う余地がなくなった。家康公は、神社と寺を創らせ、寺と神社の為に、道と街を造った。そのお陰で大正院も、根本山神社も、今日まで発展することが出来た。全て家康公の思し召しのお陰である。しかしそうであるならば、何故その様な事をなさったのか？』

永信は『ここに来て新たな謎が出現した。その謎こそが、根本山と大正院にまつわる家康公の、秘密の核心に違いない。しかし、これを解き明かすのは、容易なことではない。何しろ今日まで、三百年近く、秘密にされてきた事なのである』と思った。

「それにしましても、この新町の繁栄ぶりには、ただただ驚くばかりであります」

永信が拝殿から表参道の鳥居の先に真っ直ぐに続く、江戸日本橋と見間違うような街並みを眺めながら言った。

「まさに！　それもこれも、この天満宮と東照大権現様のお陰でありましょう。この新町がここまで発展した理由は、西の西陣、東の桐生と並び称されるほど繁栄した、絹織物にあるのですが、その繁栄も、江戸と繋がったこの道があったからです。それと東照大権現様が、戦場に持参した軍旗のほとんどが、桐生産の絹であったからと言われております。それも理由の一つでありましょう。ところで、以前から気が付いていた事が有るのですが、ただいまの永信殿のお話と、繋がる事と思われるのでお話しします。と申しますのは、この新町の通りなのですが、一見真南を向いているように見えますが、実は西に少し傾いているのです。その傾いた通りが、当社の表参道となり、拝殿本殿に行き当たるのです。そして本殿の真っ直ぐ先に、根本山があるのです。ということは、天満宮の社殿の向きも、若干南西に向いているということで、本殿に拝礼する事は、その背後にある根本山にも、拝礼していることになるのです。ですから、先程永信殿がおっしゃったことは、あながち間違いではないと言えるかもしれません。その事で今気が付いたのでありますが、もしかすると、東照大権現様は、根本山の遥拝所として、まず天満宮を創建されたのかもしれません。そして天満宮の表参道として、十六町（約一・八キロ）にも及ぶ真っ直ぐな道を、お造りになられた。それは、根本山神社の表参道でも、あったのかもしれません。但し東照大権現様が、何故その様な事をなさったのかは、見当もつきません」

それを聞いて、永信はますます確信した。

『なんと天満宮も桐生新町のこの通りも、根本山に向けて造られた。そして天満宮は根本山の遥拝所であり、新道はそれらの表参道ではないかと言うのだ。そうであるならば、いよいよ家康公の思惑が、根本山にあったことは間違いない。その根本山を開山して神を祀り、寺を創る事。それが、初代良西先師に与えられた、密命であったのだ。しかし、何故根本山なのか？　根本山に、何があると言うのか？　家康公は、いつ何処で、根本山を知ったのか？　神の御告げでも聞いたのか？　毎日根本山で修行に励む我らには、気付かない、あの山の秘密でも、知っていたのか？』

永信は「ふっ」とため息を吐いた。そして『それを知る手がかりは、はたして見つかるのであろうか？』と思った。

頭の中が一段落ついたのか、永信は我に返ったように、境内を見回した。二か所の入り口から入ってくる参拝者は、相変わらず途切れることがなかった。

「まったく予想外の人出である。何故こんなにも大勢やって来るのであろう？」

永信が独り言のように呟くと、それを聞いていた宮司が答えた。

「今この町の住民の多くは、生きるのさえやっと、と言える程の苦境に、喘いでおるからなのです」

永信は宮司の答えに驚いた。

「宮司殿を疑う訳ではないのですが、今の話は本当なのでありましょうか？」

「永信殿には信じられないかもしれませぬが、それがこの町の現実なのです」

「それではいつから、何故その様なことになってしまったのでありましょう」

「始まりは、天明の浅間山の噴火（一七八三年）です。あの大噴火では、農民はもとより商工業者も、甚大な被害を受けました。特に農家は困窮し、餓死者も出るほどでした。それでも織物業者は、すぐに回復し、一部の住民は、元の様な生活に戻れたのですが、その後も毎年のように繰り返される、渡良瀬川や、根本川の洪水で、立ち直れないままの住民も多かったのです。そして五年前の大地震（安政の江戸大地震）です。この地震では、商工業者も、農民も、全ての住民が、またしても大きな損害を被りました。その大地震から立ち直れない中、更に追い打ちをかけたのが、昨年神奈川（横浜）、長崎、函館の港が欧米に開放され、貿易が許された事であります。当時蚕に病気が蔓延し、生糸の確保に困っていたフランスは、「渡りに船」とばかりに、生糸の買い占めにやって来ました。この為、生糸の値段が三倍にも跳ね上がり、機屋は採算が取れなくなってしまったのです。この町の屋台骨である織物業者の中には、転業あるいは廃業する者が少なくないのです。まさに今、この町は、いまだ経験した事のない苦境に、立たされているのです」

永信は宮司の説明を、信じられないというような面持ちで聞いていた。

「たしかに五年前の大地震では、江戸をはじめ関東一円、未曽有の損害を被りました。しかし日本を代表する絹織物の大生産地桐生が、その様な事になっているとは、まったく存じ上げませんでした。その為に桐生からの寄付、寄進が無くなってしまったのでありましょうか?」

「まさにそのせいであると思われますが、それ以外にも、桐生を苦しめている事が有るのです。一つは領主の羽後松山藩(山形県酒田)からの御用金の取り立てです。その額が最近十年で、七千五百両にもなったと聞いております。もう一つは、新しく出来た足利の市です。年々客を奪われるようになり、売上も落ちていたようです。その様な事が重なって、日本一裕福と言われたこの町も、今では明日をも知れぬ有り様になっているのです」

「そうでありましたか。まったく気が付きませんでした。只今のお話で、ここ数年来、参拝者は以前より増えたのに、寄付や寄進がほとんど無くなってしまった事の理由が、よく判りました。ところで生糸の暴騰を、桐生の人達は、ただ手をこまねいて見ていただけなのでありましょうか?」

「当然手を打ちました。近郷近在の五十四か村が団結して、関係各方面に訴えやら、お願いをして回りました。しかしこれらの訴えや、願いは何一つ受け入れてもらえず、遂には幕府に直訴をしたのです。それが四か月前の事で、五十四か村の代表として、桐生新町組頭古木四郎兵衛殿が、井伊大老の乗る駕籠に、直訴したのです。しかしこの願いは、受け取ってもらえませんでした」

「それでは直訴に及んだ古木殿は、その場で打ち首という事になったのでありましょうか?」

「それが古木殿には、何のお咎めも無く、無事桐生に帰されたのです。当然五十四か村にも、何一つ咎めは、有りませんでした」

「そのような大それたことをしたにもかかわらず、お咎め無しとは、どうしてなのでありましょう?」

「恐らくは法印殿の大正院と、根本山神社が、彦根藩の祈願所であったからと思うのです」

「しかし我が寺や、根本山神社が、桐生新町と特別な関係にある訳でもありません。ましてや、桐生は井伊家の領地でもありません。それなのに、何故その様な配慮がなされたのでありましょう?」

「そこのところがよく解らないのですが、先程永信殿がおっしゃった事につながるのかもしれません。東照大権現様が、天満宮を移し、新町を造らせた事の理由が、根本山と、大正院の為だったという事。東照大権現様にとって根本山は、とにかく大切な場所であるのかもしれません。そして、その事が井伊家に伝えられているのではないでしょうか？　その為に、根本山神社登拝の拠点となっている、桐生新町の衰退に、追い打ちをかけるような事は、はばかられたのでしょう」

　永信は宮司の話で、『ここにやって来る参拝者が、予想外に多い事の理由も、桐生からの寄付や寄進が、まったくと言ってよいほど、集まらなかった事の理由もよく解った。しかし家康公にとって、根本山の何が大切なのか？　どうして大切なのか？肝心な事は、依然として闇の中である』と思った。

　そして『井伊大老に対して、駕籠訴という、即刻打ち首となっても仕方ない行動に出たにも拘わらず、お咎め無しであったという事実。それは根本山と、家康公のことで、何かしら、井伊家に伝わっている事が、有るからではないか？　もしそうであるならば、井伊の殿も、当然御存知のはず。此度の江戸出開帳も、そこに理由があるのかもしれない。この秘められた真実を、明らかにする手立ては、きっと井伊家に残されている』

　そう思うと永信は、すぐにでも井伊大老に会って、話を聞いてみたいと思うのだった。

　出開帳にやって来る参拝者は、途切れそうになかった。永信はこの後の予定が、また気になってきた。予想外の参拝者に、喜んでばかりは、いられないと思った。

「田沼殿。名残惜しい事ではあるが、出発の準備を始めて下され」

傍らで一緒に宮司の話を聞いていた田沼に、突然思い出したように言った。田沼は驚いた顔で永信を見た。

「しかしまだ、参拝者が来て御座いますが？」

「その者達には、終了する事を告げて、早く済ますようにしてもらうしかなかろう」

田沼は不服そうにうなずくと、警護頭の今村の所に行って、指示を伝えた。そして、なおもやって来る参拝者に、一人一人声を掛けて回った。

参拝者がいなくなったところで、輿に載った厨子の扉を閉じ、宮司や桐生太々講の世話人に礼を述べて、今村に出発を告げた。

出開帳の一行は、大正院を出る時とは違って、瞬く間に隊列を整え、天満宮を後にした。永信は予想外の参拝者と、宮司との長話で、更に予定が遅れてしまったことに焦った。一方で、参拝者が予想外に盛況であった事。大正院の創建にまつわる謎解きが、一気に進んだことに満足していた。

行列は巾五間（九メートル）もある真っ直ぐな新町通りを、次の休憩地である、太田金山の大光院に向かって進んだ。通りの両側には、間口七間、奥行四十間に、きちっと区画された敷地いっぱいに、建てられた家屋が、六丁目まで、きれいに並んでいた。それらの建物は、旅籠や様々な物を商う店の他、機屋も交じっていた。

そんな通りの両端には、店の入り口を避けるようにして、立って並ぶ町民の姿が有った。この様な行列が、新町通りを通るのは、初めてに違いなかった。それだけに、町の住人はもとより、近郷近在の者達まで、通りに立って、行列が来るのを、待っていたのである。

一見、活気に満ちたような街並みを、行列は根本山神社と、大正院ののぼり旗を先頭に、神輿と輿を挟んで、三列縦隊で進んだ。それぞれの輿の前では、賽銭長持ちが警護の侍に守られて、賽銭を投げ込む人の為、左右によれながら歩いた。軒を連ねて立ち並ぶ店の前で、行列を待ち構えていた住人の多くが、近寄っては賽銭を投げ入れた。

そんな中で、二丁目の菊屋と、五丁目の扇屋、六丁目の林屋。三軒の旅籠の前では、それぞれの旅籠の主人が、乗り物の永信に紙包みを渡すのが見えた。それは一目で小判の包みであると判った。いずれの旅籠も、根本山神社参拝者の定宿として、大きくなった宿屋である。そういう恩義があるから、折につけ寄付や寄進を、今までも欠かさなかった。これは不況にあえぐ桐生新町にあっては、まさに奇跡とも言える行為であった。

この様な根本山神社の参拝者が、よく利用する店は、他にも旅籠が二軒と、お休み処三軒、その他支度処三軒に、講中荷物の取扱所として常飛脚問屋が一軒あった。それ位桐生新町は、根本山神社参拝者にとって、重宝な場所であり、なくてはならない存在であった。それは桐生新町が、根本山神社を参拝するのに、絶好の場所に位置していたからである。

根本山山頂直下の、御本社を参拝する為には、必ず桐生新町か、大正院の宿坊で泊まらなければ、深い山の中で野宿をする羽目になったのである。まさに桐生新町は、その為に造られたとしか、思いようがないのである。そうして、信者の増加と共に、宿場としての新町も、発展してきた。その事がまた、桐生の絹織物を、全国的に広めた理由の一つに違いない。それだけに、この町の根本山神社に寄せる感謝と信頼は、並々ならぬものがあった。だから、行列が前を通り過ぎても、しばらくは、手を合わせて見送った。それと共に、今この町の住人が直面している、様々な苦境から救って欲しいという、切なる願いがあったのである。

永信は乗り物の小窓を開けて、その様子を観ていた。

『この者達の思いは、きっと受け止めなければならない。神はこの様な者達の思いこそ、くみ取って下さるに違いない。根本の大神なら、きっとそうして下さるだろう』

そう思いながら永信は、神仏にすがろうとする懸命な姿に、胸を熱くした。

『この者達の思いを、神に届ける為にも、この出開帳は成功させねばならない。そして、根本の大神に相応しい社殿を、建立すること。それと共に、大正院の再建も立派にやり遂げなければならない。その上で、神仏に仕える我らは、更に修行を積み、神の御心に適うよう、ますます魂を磨き、誠を尽くして、祈りを捧げる事である』

永信は乗り物の中で、通りの左右で手を合わせている者達に、同じ様に手を合わせて、深々と頭を下げた。

太田金山新田寺大光院

桐生新町は六丁目までで、右手に寺、左手に茶屋が出てくると新道は終わり、昔ながらの細い道となった。茶屋の横に小川が流れ、その川を木橋で渡ると、道はすぐに左に曲がった。その道は渡良瀬川に迫る山々の裾を、野州足利に通じていて、途中武州への道を分けていた。曲がった所に木戸が有った。桐生新町と境野村の境界である。

足利に至る道は、根本山参詣道の帰り道でもあった。江戸からやって来た参詣人は、足利町の東外れ、渡良瀬川の北猿田河岸から、高瀬舟で江戸に帰った。永信達の行列は、境野村で足利道と別れ、渡良瀬川の松原の渡しを目指した。

松原の渡しは、大きな中州の有る所で、中州までは短い板橋が架かっていた。中州から対岸の広沢岸には、綱渡しの小舟で渡るようになっていた。永信は松原の渡しが、一つの関門であると思っていた。百人以上の人と、二基の輿、二挺の駕籠、他に馬一頭と長持ちが十棹。これらの人と物が渡り切るのに、どれ程の時が掛かるのか？　その間に襲われる恐れはないのか？

永信は田沼を呼んだ。

「お呼びで御座いましょうか?」

先頭を歩いていた田沼が、小走りにやって来た。

「天満宮では、思いのほかの参拝者で、予定の時刻が大分遅れてしまったが、明るい内に熊谷に着くであろうか?」

「この先の進行次第では、どうにか日没までには到着出来るかと」

「そうであるか。必ず暗くなる前に着きたいものである。ところで間もなく松原の渡しに着くが、大丈夫であろうか?」

「大丈夫とは、何の事で御座いましょう?」

「天狗に決まっておろう。襲われる心配は、無いのであろうか?」

「その事でありましたら、十人ばかり先行させ、怪しげな所を点検させておりますので、何か異常が有れば、すぐさま知らせが来る事になっております」

「なるほど。警備に抜かりはないという事であるな。さすれば、渡河の段取りも心配要らぬのであろうな?」

「まさしく仰せの通りで御座る。全て今村殿が、手はずを整えて御座る」

田沼は少しばかり不機嫌そうに答えた。

「なるほど、無用の心配であった。この先も、万事田沼殿に任せておけば、安心であるな」

　永信は田沼のご機嫌を取るかのように言った。

　足利に向かう道を右に曲がると、すぐに「左根本山へ六里二十町（約二六キロ）」と書かれた石の道標が立っていた。道標をほんの少し進むと、灌木と雑草に覆われた堤防が見えてきた。堤防とはいっても、人の手によって築かれたものでなく、永年に亘る渡良瀬川の氾濫で、自然に積み上がって出来たものだった。その自然堤防を少し下った所に、中州に渡る板橋が在った。板橋を渡って、灌木も生える中州を横切ると、舟渡し場に着いた。


「法印殿。舟に御移り下され」

　永信は警護頭の今村に促され、乗り物（駕籠）の外へ出た。向こう岸を見ると、すでに二基の輿と、幾つかの長持ち、それと田沼をはじめ侍、山伏、人足等五十名ほどが、渡り終えていた。

　渡し舟には、船頭が前と後ろに一人ずつ立ち、前の船頭が川の上に渡された太い麻の綱を手繰った。後ろの船頭は、竿を川底に立てて押した。いつもは船頭一人で、綱を手繰るだけであったが、百名以上の行列を渡すとあって、今日は二人掛かりにしたのである。

　人と荷物を可能な限り積み込んだ舟は、水面すれすれになりながら、何度も往復した。幸い舟で渡る川幅は、十間（約一八メートル）位しかなく、水量も少なく穏やかであった。その為思いのほか早く全員を渡す事が出来た。

　渡良瀬川を渡ると、前方には低い山並みが南東方向に横たわっていた。道はその山並みに沿うようにして、その先にある新田郡太田金山へと延びていた。低い山並みはすぐに終わり、少し離れた所に、はじかれたかのように小山が一つ、ぽつんと在った。円墳と見紛うようなその小山は、丸山と呼ばれていた。

　丸山の北裾には、聖武天皇の頃（七〇〇年代）から奈良、大和と、奥州を結ぶ古道が通っていた。太田へ行く道は、この古道に出て東に曲がった。この通りは道の真ん中に水路が有り、道の両側に宿場のような家並みがあった。その宿場のような通りを東に五十間（九〇メートル）ばかり行くと、右に曲がる道が有った。それが江戸と根本山をつなぐ参詣の道であった。

　永信は渡良瀬川の渡河が、思いのほか上手く運んだ事と、丸山を過ぎて見通しのよい田園地帯になったことで、多少安堵した。しかし予定した刻限より遅れている事には、いまだに不安を抱いていた。

　永信は警護頭の今村を呼んだ。宰領の田沼と共に、先頭を歩いていた今村は、軽く田沼に会釈をすると、おもむろにやって来た。

「お呼びで御座いましょうか？」

　今村の声を聞いて、永信は乗り物の小窓を開け、顔をのぞかせた。

「御役目、実にご苦労であります。お陰で何事も無く順調に進んでおるようでありますが、この先もよろしくお頼み申します。ところで、今村殿を呼んだのは、少々お聞きしたい事が有ってのことであります。御存知の事があれば、教えて頂きたいのです」

「如何様な事で御座いましょう？」

　今村は永信の駕籠に、触れんばかりに寄り添って歩いた。永信も小窓から顔を覗かせて、今村の顔に目をやり、話し始めた。

「実は、この出開帳の事なのであります。何故井伊の殿は、我が寺に江戸での出開帳を勧めたのでありましょう？　江戸の藩邸にお勤めの貴殿なら、何事か知っておられるのではありませぬか？」

「法印殿のお訊ねではありますが、あいにく拙者のような下役には、知る由も御座いませんせん」

「そうでありますか」

永信は少し落胆したようだった。しかしすぐに気を取り直して、質問を続けた。

「それでは今日まで、藩内で江戸出開帳を行った寺が、ありましたでしょうか？」

「それは無かったようで御座います」

永信はなおも、たたみかけるように聞いた。

「あるいは此度のように、殿が江戸での出開帳を勧めたことは、ありませんでしたか？」

「そのような話も、聞いたことは御座いませぬ」

「この度、殿から江戸両国回向院で、六十日間の出開帳を勧められたおり、行列の規模まで言われたのでありますが、その事に関して、何か思い当たることは、ありませぬか？」

今村はしばらく考え込んでから、口を開いた。

「これは上役殿から聞いた事で、上役殿の憶測に過ぎない事であると、思うので御座いますが」

と言ったきり、今村は口をつぐんでしまった。今村は上役の不確かな話を、口外して良いものか、躊躇したのである。

　永信は今村に、憶測に過ぎない話でも良いから、教えて欲しいと迫った。そして神仏に仕える身として、聞いた話は絶対に、口外しないからと約束した。

　今村は「それならば」と言って、恐る恐る口を開いた。

「殿が大老を仰せつかってから、御使番の小栗豊後守忠順（後に上野介）殿と、何度も密会を重ねていたという事が、あったそうです。そこで外国からの侵攻があった場合に備えて、何事か話し合ったのではないかと言うのです。その話の中で、先ず手始めとして、此度の出開帳が計画されたのではないか？　その様に申されておりました」

「これはまた、全く思いもよらぬ話で、何の事やら見当もつきません。その小栗様とは、如何なるお方なのでありましょう？　もう少し詳しく話してもらえませぬか？」

「小栗様とは、徳川家譜代の御旗本で、殿と知り合われたのは、殿が大老になられる前、溜間詰であられた時のことのようで御座います。その時小栗様は、進物番出役になったばかりで、殿が色々面倒をみたようであります。そのような間柄の中で、小栗様のお人柄と、能力の非凡なることを知り、様々なお役に、抜擢されるようになったようであります。今小栗様は、日米修好通商条約調印の為、目付として、アメリカに行っておられます」

「それでその小栗豊後守殿と、井伊の殿との密談の中身とは？」

「それも上役殿の推測に過ぎぬ事と思うので御座いますが、もしも外国船が江戸湾に侵攻し、品川沖辺りから砲撃してきたら、御城はあまりにも海から近過ぎて、砲弾が届いてしまうのではないかと。それで幕府をもっと内陸の、安全な場所に移してはどうかと、いう事の様でございます」

「昨今の外国船の動向を見ると、殿がその様な心配をなさるのは、大老として当然な事。しかしその事がどうして、此度の江戸出開帳に、関係するのでありましょうか？」

「少し話が長くなりますが」と言って、今村は周辺を見回して、話を続けた。

「殿は藩主になられて三年が過ぎた嘉永六年（一八五三年）三月。初めて日光東照宮に参拝をされ、その帰途で佐野、田沼の領地を巡見なさいました。それは領内の実情を見分するというのが目的であったのですが、それにしては、あまりにも念が入っていたので御座います。山間の十五か町村の僅かな土地を、延べ五日も掛け、ちょっとした山であれば、山の中でさえ、足を運んだそうで御座います。ただし根本山神社と、法印殿の大正院は、さすがに険しい山のその先であった故、立ち寄らなかったと聞いております」

料金受取人払郵便

新宿局承認

2523

差出有効期間
2025年3月
31日まで

（切手不要）

郵便はがき

1 6 0-8 7 9 1

1 4 1

東京都新宿区新宿1－10－1

(株)文芸社

愛読者カード係 行

お名前《ふりがな》		明治 大正 昭和 平成	年生 歳
ご住所《ふりがな》	□□□-□□□□		性別 男・女
お電話番号	（書籍ご注文の際に必要です）	ご職業	
E-mail			
ご購読雑誌（複数可）		ご購読新聞	新聞

最近読んでおもしろかった本や今後、とりあげてほしいテーマをお教えください。

ご自分の研究成果や経験、お考え等を出版してみたいというお気持ちはありますか。

ある　ない　内容・テーマ（　　　）

現在完成した作品をお持ちですか。

ある　ない　ジャンル・原稿量（　　　）

書　名			
お買上 書　店	都道　　　　市区 府県　　　　郡	書店名	書店
		ご購入日	年　　月　　日

本書をどこでお知りになりましたか?

1.書店店頭　2.知人にすすめられて　3.インターネット(サイト名　　　　)

4.DMハガキ　5.広告、記事を見て(新聞、雑誌名　　　　)

上の質問に関連して、ご購入の決め手となったのは?

1.タイトル　2.著者　3.内容　4.カバーデザイン　5.帯

その他ご自由にお書きください。

(　　　　)

本書についてのご意見、ご感想をお聞かせください。

①内容について

②カバー、タイトル、帯について

弊社Webサイトからもご意見、ご感想をお寄せいただけます。

ご協力ありがとうございました。

※お寄せいただいたご意見、ご感想は新聞広告等で匿名にて使わせていただくことがあります。

※お客様の個人情報は、小社からの連絡のみに使用します。社外に提供することは一切ありません。

■書籍のご注文は、お近くの書店または、ブックサービス(0120-29-9625)、セブンネットショッピング(http://7net.omni7.jp/)にお申し込み下さい。

「その事であればその通りで、その時の様子は、上飛駒の大覚院から聞いております。その際殿は、大覚院で昼食を取られたと、自慢げに話しておりました。しかしその巡見で、何かあったのでありましょうか？」

「これと言って、何かが有ったという事では御座いません。しかし二日も有れば終わる事を、五日も掛けたのには、他に目的があったからではないかと？　その様に申すのであります」

「他の目的とは？」

「それが、幕府を移す適地を、探していたのではないかと言うのです」

「なるほど。自藩の領地であれば、密かに事を進めるには、都合が良いに違いない。江戸からも、それ程離れておらぬし、考えられぬ事ではない」

「その証拠と言って良いような事があったと、上役殿は言うので御座います」

「何があったと言うのでありましょう？」

「江戸に帰られる前の日。例幣使街道の天明宿に、お泊まりになられたので御座いますが、その際小栗様の御領地の事を色々尋ねられ、帰る前に寄ってみたいと、申されたそうで御座います。小栗様のご領地は、天明宿とは目と鼻の先にありましたので、翌日江戸に発たれる前に、立ち寄ったとのことで御座います。この小栗様の領地の事も、殿は小栗様から聞いておられたのでありましょう。しかも、そのご領地は、渡良瀬川に面しており、背後には、田沼や足利の山々が、連なっているので御座います。恐らく殿は、渡良瀬川と足利、佐野、田沼の山の間こそ、万が一の時、幕府を移すには、最適地と考えておられたのではないかと、思うので御座います」

「なるほど。それも考えられないことではありませぬ。江戸から人や物を移すにしても、江戸への舟運がある渡良瀬川は、好都合でありましょう」

「その通りで御座います。それと共に、渡良瀬川が、恰好の防御ともなり得るのであります。江戸と佐野、足利の間には荒川、利根川、そして渡良瀬川と、大小何本もの川が流れております。これらの川は、最強の防衛線となるに違いないのです。如何に最新の銃火器を装備した異国と雖も、大河を渡るのは、小さな川船を使うしか御座いません。渡河出来そうな場所に陣地を構え、銃火器で攻撃すれば、敵を殲滅出来るに違いありません。万が一渡良瀬川を突破されても、今度はその先に在る山々が、敵の進撃を食い止めるに、違いないのです。低いながらも、三方を険しい山々に囲まれた田沼や飛駒は、これらの山を要塞化すれば、簡単には攻め込まれないで御座いましょう。大老となった我が殿と、小栗様が密談を重ねたというのは、まさにその事であったと思うので御座います。渡良瀬川に面した小栗様のご領地、野州足利郡高橋村と、当藩の佐野領は、まさに防御拠点とするには、最適の場所と申せましょう。そのうえ飛駒は、根本山の御膝元。神の御加護も、期待出来るというもので御座います」

　永信は時々頷きながら聞いていた。

「しかし、幕府は欧米諸国の要求を入れ、神奈川（横浜）をはじめ三つの港を開港したと、聞き及んでおります。さすれば、欧米が侵攻してくる恐れは、無くなったのではありませぬか？」

「確かに相手の要求を受け入れたことで、当面の脅威は、回避できたのかもしれません。しかしこの後、更に無理難題を言ってこないとも限りません。いつまでも相手の言いなりという訳にも、いかないでありましょう。その時の為にも、備えは必要で御座います。その為に殿は、小栗様を日米修好通商条約批准使節の目付として、アメリカに同行させたので御座います」

「なるほど、今までのところは、おおよそ解り申したが、それでこの出開帳と、何がどの様に繋がると、言うのでありましょうか？」

「此度の江戸出開帳は、その計画の手始めと、思われるのであります。それと言うのは、我が藩より十八名の侍と、法印殿から二十名の山伏が、護衛として従っていることです。しかも侍は我が藩でも、武術に秀でた強者ばかり。山伏も見るからに、鍛え上げられた肉体の持ち主のように、お見受けいたします。何故、辺鄙な山間の寺の出開帳に、これ程の警備が必要なのでありましょうか？」

「まさしくその事が、一番不可解なのであります」

「それと、長持ちの数が多いとは、御思いになりませぬか？」

「如何にも。何故空の長持ちまで、持参するのか？　それも不思議であります」

「その空の長持ちこそ、此度の出開帳の、真の目的と思われるので御座います」

「空の長持ちが何故に？」

「これは全て憶測に過ぎないのでありますが、その長持ちで、ある物を、飛駒に運ばせたいのではないかと、思うのです」

〔ある物〕と聞いて、永信は思わず乗り物の小窓から、顔をのぞかせた。

するとと今村は、すかさず永信の耳元に顔を近付けて、小声で言葉を継いだ。

「それは、密かに蓄えた、幕府の金銀財宝でございましょう。いざという時の為に、幕府には、密かに蓄えられた軍資金や、財宝が有る事を、疑う者はおりません」

永信は思わず「財宝！」と叫びそうになって、慌てて口をつぐんだ。生唾を飲み込む音が、今村にも聞こえた。そして全く思いもよらぬ話に、ただただ呆然とするばかりだった。そんな永信の様子を見て、今村は小さく頭を下げて、行列の先頭に戻った。

外はいつの間にか、空一面を覆っていた灰色の雲が途切れ、所々薄日がのぞくほどになっていた。そして周囲の景色も、丸山を過ぎてから、急に田んぼが目立つようになり、前方から左手方向は、遥か彼方まで見通せた。一面に田植えを待つ田んぼの先には、所々林が有り、その中に人家があるようだった。そして進行方向右手は、すでに金山の一部で、芽吹き始めた森が続いていた。森と道の間には、楚々と流れる小川があり、左手田んぼ側にも、僅かながらも水の流れる水路があった。その様な周囲の状況であったから、警護の今村も長々と話してくれたのであった。

永信は小窓の外に広がる景色を、漫然と眺めながら、今村の話を思い返していた。『先程の話がどこまで信じられるか解らないが、一万石の大名並みの格式と、規模で参れと、言われた事がこれで解った。裏に隠された、真の目的の為に、必要だったのだ。江戸出開帳は、それを隠す隠れ蓑として、使われたに違いない。そうだとするならば、水戸の天狗が、何を摑んでいるのか分からぬが、我らを襲うとすれば、帰り道を襲うに違いない。たとえ江戸で井伊の殿から、何かを託されても、託されなくとも、出開帳を終えた我らの手元に、大金が有るのは間違いなかろう。またそうでなくては困る。その為に、わざわざ江戸まで出向いて、開帳を行うのである。その金を狙うという事も、有り得る。そうであるならば、江戸に着く前の、我らを襲っても、仕方あるまい』

そう思うと、永信は全身にまとわりついていた緊張の糸が、一気にほぐれて消えるのを感じた。

行列は天満宮での休憩で元気を取り戻し、渡良瀬川を渡河したことや、多少寒さが和らいだこともあって、進行速度を徐々に上げていた。永信の乗った駕籠も、少し左右に揺れるようになった。その揺れを心地良く感じながら、永信はいつの間にか寝入ってしまった。

「法印殿！　法印殿！」と呼びかける声で、目を覚ました永信は、驚いて小窓から外を覗いた。永信の目に映ったのは、太田金山の義重山新田寺大光院の山門であった。

永信は宰領の田沼に促され、乗り物の外に出た。

「法印殿！　予定通り、境内で休憩を取らせたいので、急ぎ御住職に挨拶を願いたい」

「おっ！　そうでありました」と言って、慌てて乗り物を降りると、足早に山門をくぐり、石畳の参道を本堂に向かった。その後を院代の義道と、宰領の田沼が従った。

山門から本堂の間は一町（一〇九メートル）程であった。左右に石灯籠が並び、参道を少し入った右手には、上州一と言われる鐘楼が、林立した赤松と背丈を競うかの如く、高くどっしりと構えていた。そして左手には、これも上州一かと思われるような手水舎があり、その十間程奥には、開山の呑竜上人を祀る御堂があった。

呑竜上人の御堂には、幼児を連れた女の参拝者が見えた。一方参道正面の本堂には、参拝する人の姿は無く、代わりに数人の僧侶が、大きな松の枝越しに、立っているのが見えた。その地を這うように枝を広げた松は、「臥竜の松」と呼ばれ、本堂と重なる風景は、大光院の象徴ともなっていた。その松の枝に見え隠れする僧侶の中に、紫の袈裟をまとった僧侶が見えた。大光院の住職である。

永信は住職の姿を見て、思わず体をこわばらせた。宗派は違うとはいえ、朝廷より常紫衣の綸旨を賜った寺の高僧である。その様な住職がわざわざ表に出て、迎えてくれているのである。永信は慌てて住職の前に進み出た。

「下野飛駒村大正院永信と申します。わざわざの御出迎え、実に恐縮に存じます。本日は、江戸出開帳の安全祈願と、休憩の為、立ち寄らせて頂きました。よろしくお頼み申します」

と言って永信は、住職に合掌して、深々と頭を下げた。

「長旅の途中、お忙しい中、お立ち寄り頂き、有難く存じます。寺社奉行松平伊豆守様より、お話は伺っておりますので、どうぞ時の許す限り、御ゆるりとお休み下され」

「有難きお言葉。早速お言葉に甘え、境内を拝借いたしたく存じます」

そう言うと永信は、田沼に「一同を境内に入れ、食事を取るよう」指示をした。田沼は山門の外で、本堂前の様子を窺っていた今村に、大きく両手を振って手招きした。足早にやって来た今村に、田沼は永信の指示を伝えた。

門前で待機していた出開帳の一行は、今村の指示で神輿と輿、賽銭長持ち、駕籠の順に通用門から境内に入った。それを見届けた住職は、永信に本堂に入るように促した。

永信、院代の義道、宰領の田沼は、住職に従って本堂に上がった。本尊の阿弥陀三尊像と、家康公、秀忠公、新田義重公の尊像に、出開帳の成功と、道中の安全を祈願して本堂を出た。警護の侍や山伏、人足達は、鐘楼の東に広がる赤松の林の中で休憩していた。それぞれが、持参した握り飯を食べていると、大光院で修行中の小坊主が数人、鍋や鉄瓶を持って、休憩場所へ行くのが見えた。

永信はその様子を見て、傍らにいた住職に、驚いたような顔で礼を述べた。そのような接待は、全く予想していなかったのである。住職も永信の顔を観て、にこやかな笑みを浮かべた。

永信はそんな住職の柔和な表情に、先程までの緊張感が、徐々に薄れていくのを感じた。そして『せっかく大光院のご住職と、話が出来たのである。桐生天満宮で、宮司殿に聞いたように、神君家康公が、大光院を再建した理由を伺ってみよう。もしかすると、その中に、根本山と家康公のつながりについて、それを証明するような話や、証拠が見つかるかもしれない』と思いついて、恐る恐る質問した。

「ご住職様。突然のお訊ねで、恐縮なのでありますが、神君家康公は、何故この地に、大光院を再建したのでありましょう？」

突然の質問に驚いたようだったが、住職は穏やかな口調で話し始めた。

「これはまた思いがけないお尋ねに御座います。その事でありましたら、世間一般が知る所で、東照大権現様（徳川家康）が徳川の始祖と崇める、新田義重公の追善供養の為、大光院を再建されたという事であります。その際当地を選んだのは、景観が四神相応の霊地であると、判断されたからです。その事で何か御疑念でも有りましょうか？」

「疑念などという事ではありませぬが、世間に知られていない、もっと深い理由が、御有りなのではないかと思うのです。と申しますのは、我が大正院の創建も、神君徳川家康公の、密命によるものではなかったかと、伝わっておるのですが、それを裏付ける物は、何一つ無いのです。桐生天満宮と、新田寺大光院が、神君家康公の思し召しで、創建されたのでありますならば、同じ関東の北の外れに位置する我が寺も、そうであった可能性は、無くはないと思うのです。そもそも家康公と、何の所縁も無いと思われる場所に、何故桐生天満宮や、新田寺大光院を建てたのでありましょう？それればかりではありません。桐生には、新しい道と町まで、造っているのです。この事と我が寺の創建に、何かしら関係があるのではないかと、思うのであります」

「おっしゃる事は、分からぬでもありませぬが、当寺の創建については、先程も申しましたように、徳川の始祖新田義重公を祀る為でありまして、ここ金山も、新田氏所縁の場所であります。それ以上の理由はないと思われます。桐生天満宮と、大正院創建の関わりについては、天満宮にお訊ねになるのが、よろしいかと……」

住職の言葉に、永信は少し納得いかなかった。

「ご住職のお話に、疑問を挟むつもりは、ありませぬが」と、こわごわと質問を続けた。

「しかしながら義重公の墓は、新田郡世良田徳川に在る墓石がそうではないかと聞いております。どうして墓のある場所に、建立しなかったのでありましょうか。先程ご住職は、この地が四神相応の地であるからと、申しておりましたが、世良田は徳川最初に名乗った新田義季公が、名刹長楽寺を創建した場所であり、その境内には、秀忠公が日光に建立した、東照宮の拝殿が移設されております。それらのことを考えますと、世良田の方が、より適地ではなかったかと、思われるのです。それ故、この金山を選んだ理由は、他にも有るのではないかと、思うのであります」

と言って、永信は住職の顔を見つめた。

住職はちょっと困ったような顔をしながらも、穏やかに返答した。

「他に理由が有るとは、思われないのでありますが、一つだけ気にかかる事が、あるにはあります」

住職は自信無さそうに言った。

「それはどの様な事なのでありましょう。よろしかったら御聞かせ頂けないでしょうか」

住職は真剣な表情の永信を観て、落ち着いた声で話し出した。

「実は、この寺の山門から、本堂に至る表参道なのですが、何も無かった場所に、新設したにもかかわらず、南北方向から、少しばかり南西方向に、ずれているのです。

南向きに造るのであれば、真南に向けて、造りそうなものなのですが、何かそれを妨げる理由でも有ったのか？　あるいは敢えて、少しだけ西に、ずらしたのか？　もしそうだとしても、その理由が解りません」

住職はそう話したあと、突然何かを思い出したように、口調を速めて、また話し出した。

「その事で、今急に思い出したのですが、拙僧がこの寺にやって来る何年か前に、金山山頂のすぐ北の小さな頂に、法印殿の根本山神社の祠を祀った修験がおったそうです。恐らく、根本山で修行している山伏と思われますが、その山伏が先代住職のところに許しをもらいに来た、ということがあったそうです」

永信は驚いたように尋ねた。

「今のお話は、全く存じませんでした。先代永良の時の事かと思われます。この辺りにも、先代永良の験力に憧れ、根本山で修行する山伏がいたことは、聞いております。そういう修験の一人かと、思われますが、その祠は、今でも在るのでしょうか？」

「この目で確かめた訳ではないのですが、在ると聞いております。石の祠と聞いておりますので、風に飛ばされたり、朽ち果てたりする心配はないでしょう。それとまた一つ、思い出したのですが、その際、先代の住職が、どうしてそこに祀ろうと思ったのか、聞いたそうであります。そうしたところ、その修験は、そこから根本山を正面に見ると、その真後ろに大光院があるからと、答えたそうであります。そういう位置に、その頂があったから、そこを選んだのか？　あるいは、そこで根本山からの霊威を、感じたのかもしれません」

永信は腰を抜かさんばかりに驚いた。そして住職に確認するように尋ねた。

「今のお話ですと、大光院と、石祠のある頂と、根本山が一直線に連なる、という事になるのでありましょうか？」

「そうかもしれません」

「そうしますと、先程ご住職が、大光院の山門から本堂に至る参道が、南西から北東に向いているとおっしゃったのは、その真っ直ぐ先に、根本山が在るからなのではないでしょうか？　神君家康公は、大光院を建てるに当たって、参道並びに本堂が、根本山に向くように造られたと考えても、おかしくないように思うのですが？」

「それはなんとも言えません。この大光院から根本山は見えませんし、東照大権現様も、この地を訪れたということはないのです」

住職は突き放すような口調で言った。

永信は住職の表情を見て、咄嗟に『これ以上の質問は、迷惑になる』と思った。しかし『今のご住職の話は、根本山と、家康公の繋がりを証明する、具体的な証拠と言えるのではないか？　先程の、桐生天満宮の新町通りから本殿に向かう参道も、根本山に向かっていると、宮司殿がおっしゃっていた事と、同じである。そうであるならば、この二つの事実から、家康公と、根本山が繋がっているのは、間違いない。そして先師良西が根本山を開山し、根本山神社と、大正院を創建したのは、それが家康公の密命であったからと、断言して良いのではないか』

永信は謎の解明が、一気に進んだことに興奮した。そして、『あとは一刻も早く、無事に、今宵の宿に入ることである』と思った。

「色々と貴重なお話を御聞かせ頂き、まことに有難く存じます。おかげさまで多くの疑問を解く事が出来ました。その上、思わぬもてなしにあずかり、まことに有難いことで御座いました。あまり長居も出来ませぬので、この辺でお暇致したく存じます」

永信がそう言って頭を下げると、

住職は「あまりお役に立てなかったかもしれませんが、またお聞きになりたい事がありましたら、いつでも遠慮なくお訪ね下され」そう言うと、永信と共に玄関を出た。

永信は、傍らの田沼に、出発を指示した。出発の支度が調う間、永信は天満宮での宮司の話、大光院の住職の話を、あらためて思い返した。

『ここに来てまた、大正院や根本山と、家康公とがつながる、新たな証拠が出てきた。しかし、いまだに、家康公が何の為に、その様な事をされたのか？　何故その事を隠すのか？　それについての手がかりは、全く掴めないままである。あえて理由らしきものを推測するなら、家康公が生きた戦国動乱の時代は、多くの武将が、己の守護神を持ち、神仏の力を信じて戦った。その守護神が敵に知られることは、命を危うくしかねないことだったに違いない。当然、家康公にも、守護神があったのは、間違いない。それが根本山神ではなかったのか？　だから徹底的に隠ぺいしたのである。それ故、根本山とつながる桐生天満宮や、桐生新町、太田金山大光院の創建の目的も、秘密にした。その一方で、根本山神への報恩と、感謝の気持ちを、表さなければならないと考えていた。それをしなければ、天罰が下るのである。その為に、神を祀る社殿を建てたのだ。しかし、それを実現することは、簡単ではなかったに違いない。何故なら、根本山の在る飛駒が、家康公が拠点とした三河や駿河から遠く、見ず知らずの土地であり、他家の領地であったからだ。しかし、そこに飛駒出身の良西が、現れたのである。しかも、比叡山で修行中の修験であるという。こんな都合の良い話は、無かったに違いない。とは言っても、家康公があからさまに、それを実行することは出来なかった。もしそんなことをすれば、根本山と家康公の関係が、気付かれてしまうからである。それが敵に知れた時には、家康公の命運と共に、再び天下の平安が、危うくなりかねない。その為に根本山神社と大正院創建の真相を隠し、その上で神社と寺の存続の為に、表参道となる真っ直ぐな道と、参拝の拠点となる街を造ったのだ。それが敵に悟られず、世間にも気付かれずに、神への感謝を表す、最善の方法だったのではないか？　とは想ってみたものの、これはすべて想像にすぎない』

永信は家康公と、根本山の関係を想わせる事実が、後から後から出てくるにもかかわらず、根本の謎を解き明かすようなものが、見つからない事に、もどかしさを覚えた。

『それでも真実を明らかにする手掛かりは、まだ残されている。それは井伊の殿である。殿に会って話が出来れば、この出開帳に隠された目的と、家康公と根本山がつながった真相が、解るのではないか？』

永信はますます井伊大老との面会に、はやる気持ちを抑えられなくなっていた。そんなことを想っている内に、田沼がやって来て、出発の支度が調った事を告げた。永信が住職にあらためて礼を言うと、住職も「道中の無事と、出開帳の成功をお祈り申します」と、合掌して見送った。永信と田沼は、何度も振り返り頭を下げて、山門に向かった。

一行は「吉祥門」と呼ばれる山門の前で、永信を駕籠に乗せると、熊谷宿を目指して出発した。大光院を後にした行列は、永信の指示で遅れを取り戻すべく速度を上げた。空はいつの間にか、すっかり雲が消え、青空がまぶしいほどだった。きれいに晴れ渡った青い空の下、赤松に覆われた金山を背景にたたずむ大光院が、一幅の山水画のようであった。永信は、こころもち左右に揺れる駕籠の窓から、その風景を見えなくなるまで眺めていた。

熊谷宿本陣

出開帳の行列は、表参道の大門をくぐって、例幣使街道に出た。例幣使街道を左、足利方面に曲がると、宿場らしい街並みになった。本陣や旅籠などの泊まり宿の他にも、様々な店が在った。しかし桐生新町の街並みと比べたら、閑散とした感じは否めなかった。そんな店の陰から、行列を覗き見る人の姿があった。のぼり旗を先頭に、四十人程の侍と山伏が、神輿と輿を囲んで足早に歩く様子は、異様に思えたに違いない。

行列は本陣を少し過ぎた所で、右に曲がった。武州との境、利根川の古戸の渡しに向かう道であった。太田から古戸の渡しまでは、一面の田畑で、所々に小さな林があった。ここでも人家は、その林の中に在るようだった。

永信は駕籠に揺られながら、利根川の渡河が気になっていた。『はたして無事に渡り切れるであろうか？　渡れたとしても、あまり時間が掛かるようだと、明るい内に宿に入るのが難しくなる』

永信は田沼を呼んだ。

「度々呼び立てて恐縮であります。この先の利根川の渡しなのでありますが、どれくらい時間が掛かるでありましょう？」

「それがしにも、どれ程時間が掛かるのか、判断付きかねます。それ故一度で渡り切れるよう、手配はして御座います」そう言うと田沼は、さっさと列の先頭に戻ってしまった。

渡河は田沼が、いつもなら妻沼河岸にある高瀬舟三艘と、平田船一艘を、古戸河岸に回しておいたことで、一度で渡ることが出来た。その上利根川は、思いの他穏やかで、水量も、思ったほどでなく、予想外に早く渡る事が出来た。上越国境の山々からの雪解け水は、まだこれからのようだった。

すっかり晴れ渡った空に浮かぶ太陽が、西の山並みに姿を消すには、まだだいぶ間が有った。熊谷宿本陣まで、あと二里半（約一〇キロ）。この先何事もなければ、明るい内に宿に入れるのは、間違いなかった。永信はここに来て、やっと田沼に感謝の気持ちが湧いてくるのを感じた。

今宵の宿である熊谷宿本陣は、敷地千六百坪に建坪七百坪、部屋数四十七という全国有数の規模を誇っていた。その本陣は、中山道に出て左に曲がると、すぐ斜め向かいに在った。通りから少し引っ込んだ所に、大谷石の塀と繋がった門があって、門の内外に番所が在った。番所に人は居なかった。宰領の田沼が、中に向かって声を張り上げると、慌てて奥から門番と思われる大男が出てきた。

田沼が名乗ると、大男は深々と腰を折り、よく通る声で「お待ち申しておりました」と一礼し、「さあどうぞこちらへ！」と言って、一行を玄関に案内した。玄関の両脇には、かがり火の用意がしてあり、壁には〔根本山神社別当大正院泊〕と大書された木札が、掲げられていた。木札は大正院の一枚だけで、他に泊まり客は無いようだった。

永信、義道、田沼の三名が大男の案内で玄関に入ると、奥から主人と思われる人物が出てきて挨拶をした。永信達三名は、主人に案内され、中庭に面した上段の間に通された。それ以外の者達は、今村の指示で、駕籠、神輿、輿、長持ちを、勝手口に続く板の間に運び、侍と数名の山伏は、割り当てられた部屋に向かった。残りの山伏と、陸尺、人足は、近くの旅籠に向かわせた。

永信ら三名は、大名や皇族、公卿、勅使等限られた者しか泊まれない上段の間で、くつろぎながら、長かった一日の終わりに安堵した。永信は床の間を背にして座り、義道と田沼は、永信と向かい合って座った。そこに、部屋の割り振りを終えた今村が入ってきた。永信が今村に、ねぎらいの言葉をかけた。

「今日は一日、本当にご苦労様でありました。こうして部屋でくつろいでいられるのも、田沼殿、今村殿をはじめ皆のお陰であります。今夜はゆっくりとお休み下され。ところで、御本尊の厨子は、どちらに置いてありましょうか?」

「輿に載せたまま、神輿や長持ちと一緒に、勝手口に続く板の間に置いて御座います」

「なんと！　お勝手の板の間と！　それではあまりにも畏れ多いことであります。すぐにこの部屋に御移し下され。それと板の間には、誰か見張りは、ついておるのでありましょうか?」

今村は一瞬顔を真っ赤にして、平身低頭で返答した。

「実に至らぬ事で、恐縮至極に存じます。即刻厨子を移すと共に、板の間の見張りを追加いたします」

そう言って一礼すると、今村は慌てて部屋を出た。

今村が出て行くと、永信は義道に、御本尊の厨子を、何処に置いたら良いか相談し、厨子を載せるのに、都合の良さそうな台を、探してくるよう頼んだ。

義道も部屋を出て行き、田沼と二人きりになったところで永信が田沼に口を開いた。

「田沼殿は、桐生天満宮の宮司殿の話、太田大光院のご住職の話を聞いて、どう思われたでありましょう?」

田沼は突然の質問に戸惑い、すぐには返答出来なかった。それを見て永信が重ねて質問した。

「御両人の話から、桐生天満宮も、新町通りも、大光院新田寺も、神君家康公の御考えのもとに創られたことは、間違いないと思うのであります。そしてそれは、根本山の為ではなかったかと、思うのでありますが、田沼殿はどのように思われましょう?」

「まさしく、それがしもその様に思って御座る」

「それでは何故根本山の為に、神君家康公は、その様なことをなさったのでありましょう。それについては、どのように、思われましょうか?」

「その理由は、とんと解らないで御座る。ただ東照大権現様にとって、根本山は大事な場所であり、世間には知られたくない場所だったのではなかろうか? それ故肝心なところは、秘密にされたに違い御座らぬ」

「まったく田沼殿が言う通りで、根本山が神君家康公にとって、この上もなく大事な場所であるのは、間違いなかろうと思うのです。問題は、何故大事なのか？　何が大事なのか？　仰せの通りで、肝心なところがさっぱり分かりませぬ。しかし、その大事にされたという事では、一つ思い当たる事があります。それは家康公が祀られた日光東照宮が、根本山の鬼門の守りとなっているのではないか？　という事であります。何故そのように思うのかと申すと、根本山から見ると、日光はまさに鬼門に当たっておるからなのです。それ故、日光に祀れと、遺言したに違いないと思うのであります」

永信の話に、田沼はけげんそうに首をかしげた。

「しかし世間に伝わっているところでは、関八州（関東）の鎮守となる為に、日光へ祀ることを遺言されたと、聞いておりますが……」

「まさに巷では、そう言われておるようであります。しかしそれでは、日光が関東の鬼門に当たるのでありましょうか？　それは、まったく違うのであります。関東の鬼門と言う事であれば、常陸（茨城）から磐城（福島）辺りになるのです。そしてなお解せないのは、何故関東だけの鎮守となることを、願ったのでありましょう？　亡くなる前に天下統一を果たした家康公にとっては、日本国の鎮守となるべきはずなのです。それなのに、関八州の守りになろうというのは、どう考えても変だと、お思いになりませぬか？　それは根本山の鎮守となることが、すなわち日本を守ることになると、考えていたからに違いありません。根本山神こそが、この国の守護神なのです。その根本山をあらゆる怨霊や、邪鬼、魔物から守る為に、鬼門となる日光に、祀らせたのでありましょう。そしてその事も、世間には秘密にしなければならないと思ったに、違いありません。また世間がその事を、知る必要もないのです。神君家康公が極秘にしていたのは、根本山神が、この国の守護神であるという事。それと共に、家康公の守護神でもあったからでは、ないでしょうか？　根本山神のお力で、あらゆる困難を乗り越え、如何なる敵にも屈せず、天下統一を果たされた。まさに二百四十五年もの永き間、戦の無い、平和な世の中を、実現させることが出来たのであります。あるいは、その為に家康公が、この国の守護神である根本山神に、選ばれたのかもしれませぬ。いつの時か、根本山神が夢枕に立たれたのでありましょう。それは恐らく、家康公が今川氏の人質であった時の事ではないでしょうか？　だから家康公は、江戸で幕府を開いて間もないのに、将軍職を秀忠公に譲り、神との邂逅の地である駿府に戻られた。駿府もまた、根本山に次ぐ大事な場所だったに、違いないのであります。その駿府で根本山神に祈りながら、天下の平安を揺るぎないものにしようとしたに違いありません。だからこそ生国の三河岡崎、あるいは大名としての地歩を固め、十六年間居城とした浜松には戻らず、人質生活をはじめ、良い思い出が無かったに違いない駿府に、戻られたのでありましょう。

その駿府で、この世に残された使命の全てをやり遂げて、あの世に旅立たれたのでありますす。その駿府の鬼門に富士山があり、根本山があり、日光が在るのです。それが家康公の、遺言の真相なのでありましょう。その証拠に、最初に遺骸が埋葬された久能山東照宮は、富士山を背にして建てられておるのです。すなわち久能山東照宮も、根本山の遥拝所となっているのです」

「何故そのように断言出来るので御座ろうか？」

田沼が納得出来ないとばかりに言った。

「全く仰せの通りで、断言は出来ませぬ。しかし、日々根本山で修行している我らは、鬼門の方向に日光があるのも、反対方向に富士山があるのも、誰もが見て知っております。そして富士山の先に、駿府が在ることも知っておるのです。すなわち駿府、富士山、根本山、日光が北東方向に並ぶことにも、気付いておるのです。しかし今日まで、その事に何か意味があるとは、考えてもみなかったのであります。本日、天満宮と大光院で、根本山と家康公のつながりについて、かねてより疑問に思っていた事を、お聞きすることが出来ました。それぞれのお話から、天満宮も、大光院も、根本山の為に、家康公が創らせたと、信じるに足る証拠を、得られたと思うのであります。それ故、あの遺言になったのでありましょう。すなわち遺体は、駿府の久能山に埋葬し、一年経ったら、日光に小堂を建て、勧請すること。さすれば八州（関東）の鎮守となろうと、言い残したのであります。この遺言こそが、我が大正院開祖良西に、与えられた密命に、違いなかろうと思うのです。すなわち根本山の開山であり、根本山神社と、大正院の創建であったことの証拠と、言えるのであります。もしも、もっと確かな証拠があるとすれば、それはきっと、井伊家に有ると思われます。井伊家は、家光公の時から、根本山のある飛駒を領するようになって、二百年余り経った今日まで、変わっておりません。恐らくその事も、家康公が子孫に残した、密命であったに違いありません。家康公が望んでいたのは、この国の末永い平安と、繁栄であったのは、間違い御座いません。それを叶える為には、根本山を何者にも侵させてはならないと、考えたのでありましょう。その役割の一端を、井伊家が担っているのではないかと、思うのであります。此度の出開帳で、井伊の殿にお会い出来たら、きっとその事をはじめ、様々な事が解るのではないかと、思うのです」

田沼は、永信の話をどこまで信じて良いのか、わからないと思った。

『今の話は事実も有るが、多くは想像に過ぎない。しかし想像であったとしても、内容に矛盾は無い。そして、もしそれが真実だとしたら、国家存亡の危機に直面している今こそ、幕府の大老たる我が殿は、根本山神を頼りにしたいに違いない。此度の出開帳は、その為に計画されたのかもしれない』

田沼は今村の帰りが、思いのほか遅い事をいぶかしく思った。永信も同じ様に義道の帰りが遅いと感じていた。

そんなところに、今村と義道が御本尊の厨子を抱えた山伏と、文机のような小机を抱えた山伏と共に、部屋に入ってきた。永信はすかさず義道に、小机と厨子を、床の間の掛軸の前に、置くよう指示をした。義道が言われた通りに、掛軸の前に小机を置き、その上に厨子を置いた。

「如何で御座いましょう」

「なかなか良いのではないか。ところでその小机は、我らが持参した物の中には、無かったように思うが？」

「左様で御座います。この文机を探しあてるのに、少々手間取りました。宿の主人に頼んであちらこちら探して頂き、やっと見つけてもらった次第であります」

「それはご苦労でありました。宿の御主人にも、丁重に礼を言わなければなりませんな」

永信の言葉を聞いた義道は、山伏二人をねぎらうと、部屋に戻るように指示をした。山伏が部屋から出て行った後、永信は床の間に据えられた厨子に、あらためて深々と頭を下げ合掌した。

その時である。玄関の方から馬のいななく声が聞こえてきた。すると間髪を入れず、一部屋挟んだ控えの間から、慌ただしく出て行く人の足音が聞こえた。

「御免！　頼もう！　誰か御座らぬか！」

屋敷中に響き渡るような甲高い声が、永信達の部屋にも届いた。

「何用で御座ろう？」

控えの間から飛び出して行った男のものと思われる声がした。

「拙者、彦根藩江戸上屋敷、使番木内新左エ門と申す。藩より火急の伝達を持参して参った。大正院永信殿に、御目通り許されたい。大正院御一行は居られるであろうか？」

「お着きになっておいでです。さすればどうぞこちらへ」

そんなやり取りが聞こえたと思ったら、すぐに慌ただしい足音が聞こえ、部屋の前で止まった。

「御無礼つかまつる」と言って、案内の男が襖を開けた。

襖が開くと案内の男と並んで、井伊家の紋が描かれた陣笠を持った侍が立っていた。侍は案内した男より、随分背が低かった。その小男の肩が、荒い息遣いで上下しているのが、はっきり見て取れた。玄関先で彦根藩使番木内と名乗った人物に違いなかった。

その侍は部屋に入るなり、案内をしてくれた男に、チラッと目をやり「御人払いを」と、永信に向かって言った。

案内をした男は、一瞬永信をはじめ、中の男達の様子に目をやると、その場から去って行った。

男が去ったのを確認すると、使番と名乗った侍は、永信の前にひざまずき、両手をついて頭を下げた。

永信は突然の出来事に、ただただ茫然とするばかりで、一言も発せずにいると、侍は言葉を続けた。

「拙者、彦根藩使番、木内新左エ門と申す。藩よりのお達しを預かって参ったので、即刻、御検め頂きたい」

そう言うと、一息ついて頭を上げた。襖の外に立っていた時の荒い息遣いが、少しは収まっていた。

永信は、「大正院永信であります」と、名乗るや否や、少しばかり震える手で、木内から書状を受け取った。ひきつった様な顔で書状を開くと、いくらも読まぬ内に、突然「なに！」と叫び声をあげた。それを見ていた今村と田沼は、ほとんど同時に、

「何事で御座る」と、大声を発した。

「本日、我が殿は登城のおり、何者かに襲われ、一命を絶たれたとの事であります。ついては、此度の出開帳は、中止という事に……」

永信が弱々しい声で、喘ぎながら告げると、

「なんと！　それはまことなので御座ろうか？」

今村が木内を睨みつけるように言った。

「まことで御座る」

木内も声を荒げて言った。

そして、「このことは、くれぐれもこの場だけに留め置き、決して他言をなさらぬ様にとのことで御座る」

木内のとどめをさすかの様な言葉で、一瞬にして部屋中のざわめきが収まった。永

信はもとより、今村、田沼、院代の義道まで、茫然自失といった状態で、黙り込んだ。

しばらくの間、静まり返っていた部屋に、肌を刺すような風が、何処からともなく入ってきて、今村の首筋をなでた。思わず身震いをして、我に返った今村が口を開いた。

「登城のおりということで御座るが、いったいどの辺りだったので御座ろう?」

「桜田門にかかる辺りとのことで御座る」

「それでは、お屋敷から幾らも離れておらぬでは御座らぬか」

「まさにその通りで御座る。しかしながらその時、何もかもを包み隠すような大雪が降っておった。それ故藩邸まで、騒ぎが聞こえてこなかったので御座る」

「それにしても殿には、多くの警護が居たと思われるが、襲った相手は何人位居たので御座ろう?」

「十五、六名ではないかとの事で御座る」

「それ位の相手に、やすやすと命を奪われたというのであろうか? とても信じ難い。その時、御屋敷から助けは、駆けつけなかったので御座ろうか」

「その異変を知ったのは、大方騒ぎが収まった後で御座った。何人か槍や刀、鉄炮を持って飛び出して行ったが、襲った者共はすでに逃げ去った後。そんな騒ぎの中、城中より御使者がやって来て、犯人の探索は公儀に任せ、如何なる行動も慎むようにとの、御達しであった。藩としても、襲った相手が分からないうちは、手の出しようがなく、当面死傷者の救護、収容に、全力を尽くすことになったので御座る。それでもしばらくは、蜂の巣をつついたような騒ぎが、続いておりました」

木内の話に、少しずつ落ち着きを取り戻した永信達であったが、今村や田沼の頭に、ある不安がよぎった。それは突然藩主がいなくなって、藩が取り潰しにならないかという危惧であった。

「それで藩の先行きは、大丈夫なので御座ろうか？」

今村が不安そうに尋ねると、
木内は「心配御座らぬ。その後にやって来た御使者のお達しで、取り潰しの心配はなくなったとのことで御座る。御公儀では、殿の死は当分隠し、深手の為公務を外れたことに致し、世継ぎを速やかに立てるようにとのことで御座った。世継ぎを立てれば、存続出来るという事なので御座る。但し条件として、この件はこれ以上騒ぎを大きくしない事。仇討など、もっての外とのことで御座る」

木内の話を聞いて、今村と田沼は安堵の表情を浮かべた。二人にとっては彦根藩主井伊直弼の死で、真っ先に浮かんだのは、藩の行く末であった。

　少し落ち着きを取り戻した今村が、木内にたたみ掛けるように質問した。

「それで襲った相手のめぼしは、付いたのでありましょうか？」

「それが二度目の御使者の話によると、どうやら水戸の浪士らしいとのことで御座る」

「なにっ！」

　と、永信、田沼、今村の三人が同時に声を張り上げた。

『なんと水戸の天狗どもは、お城の目の前、殿の御屋敷のすぐそばで、殿を襲うとは！』

　永信はとっさにそう思った。その思いは、田沼も今村も同じだったに違いない。

「それは間違いないので御座ろうか？」

　驚愕の表情で、今村が聞いた。

「御公儀がそう申しておるのであるから、間違いないで御座ろう」

「それで水戸の浪士は、何人位で襲ったのであろう？」

「先程も申した通り、十五、六名ではなかろうかということで御座る」

「それ位の相手を、どうして防ぐ事が出来なかったのであろう？　殿には多くの護衛

う?」

「数の上では、優に勝っていたと思うのであるが、それなのに、どうしてなのであろう?」

「警護の徒士が二十名と、他に足軽以下四十名程であったろうと思われる」

が居たと思うので御座るが?」

「降りしきる雪のせいと思われる。蓑を被り、刀には柄袋をはめてあったという事で、不意の襲撃に、機敏に対応出来なかったのであろう。それと共に、雪で喧騒がかき消され、我が藩邸はもとより、周囲の何処にも気付かれなかったに、違い御座らぬ。更に言うならば、いつも殿の警護に付いている藩士達が、この出開帳の警護に、まわってしまったからではなかろうか?」

今村は木内の説明を聞いて『殿が亡くなられた原因の一端が、我らにもあるのか?』と思った。そう思うと、今村は口をつぐむしかなかった。

そして、『この惨事が、我らの行列でなくて、本当に良かった』と思うのだった。

藩のお取り潰しが無いと判った今村には、藩主の死を悲しむことより、安堵する気持ちの方が強かった。

しかし永信にとっては、領主である井伊大老の死は、全く受け入れられることではなかった。

『まさか殿が亡くなるとは！　その上、出開帳も中止になるとは！　期待していた寄付や寄進は、一時の夢と消えた。準備に費やした金も、労力も、水の泡である。この先どうすれば良いのだ。殿が亡くなった事で、家康公と根本山神の繋がりを、証明する確かな証拠を探すことは、絶望的になってしまった。そして何よりも、寺や神社の再建が、これでまた、頓挫してしまうかもしれない』

永信の目は、うつろに一点を見つめたままで、口は力なく半開きになったままであった。

放心状態の永信を見て、今村が木内に尋ねた。

「ところで、我ら警護の者は、すぐに江戸の藩邸に戻った方がよろしいのであろうか？」

「否。藩の御達しでは、永信殿御一行を、無事に大正院まで送り届けた後、藩邸に戻られよ。との事で御座る」

今村は、『出開帳が中止となったこの行列に、まだ警護が必要なのであろうか？一刻も早く、藩邸に戻った方がよかろうに』と思った。『それとも、この先もまだ、水戸の天狗が襲ってくるおそれがあるとでも言うのか？』と、一瞬身震いするのを感じた。

しかし、すぐに『そんなはずはない。天狗の狙いは、はじめから我が殿であったに違いない。その上、江戸出開帳が取り止めになった我らを、今更襲っても、何の得にもならない。更に、我らに十八名の強者がいることは、知っていると思われる。命の危険をおかしてまで、我らを襲うとは、到底考えられぬ。そうであるならば、混乱冷めやらぬ藩邸に、ただちに戻るよりは、飛駒にお供する方が、ましかもしれぬ』

今村のこわばった顔が多少和らいだ。それと共に、経験したことのない脱力感が、今村を襲った。

翌朝は、雲一つ無い快晴であった。しかし北西からの風が、時々土煙を巻き上げて吹きすさんでいた。永信達は、昨日と全く同じ隊列を組んで、吹き付ける風の中、土煙をよける様に顔を伏せながら、大正院に帰って行った。

安政七年三月三日の江戸桜田門外の事件後、大正院の江戸出開帳は、二度と実行されることがなかった。

事件から三年後の文久三年、永信は四十歳という若さで亡くなる。この間大正院の再建は、一歩も進まなかった。それどころか、江戸出開帳で作った、千三百両もの借金の返済で、更に窮地に陥っていたのである。それも命を縮める原因であった。

　そして、桜田門外の事件から六年後、水戸徳川家出身の一橋慶喜が、十五代将軍となり、翌年大政奉還を断行して、徳川幕府が終わりを告げる。まさに水戸が二百五十年続いた泰平の世を終わらせ、後を引き継いだ形の薩摩、長州が、力ずくで新しい体制を築くのである。神君家康公が願った国家安康は、ついに途切れてしまったのである。

　一方大正院は、永信亡き後、幼少の若丸が継いだが、後見する者もなく、急速に信者を失っていった。

　そして慶応四年（明治元年）三月、神仏分離令が出されるに及んで、根本山神社は世襲の私社という扱いを受け、四百六十町歩の社地のほとんどを没収されてしまう。残された境内地は、わずか六坪であった。それと共に、修験としての大正院も廃され、若丸は根本山神社の神官として、根本山神に仕えることになったのである。

　徳川幕府終焉と共に、一気に矮小化されてしまった根本山神社であったが、根本山の遥拝所と考えられる新田寺大光院は、明治二年二月、明治天皇より勅願寺としての綸旨を賜った。更に明治天皇は明治十一年九月と、二十六年十月。いずれも前橋巡幸の折に、桐生に足を延ばされ、天満宮に立ち寄られているのである。

了

著者プロフィール

山河 邑（やまが ゆう）

1951年 群馬県生まれ。
1970年 群馬県立太田高校卒業。
大手スーパー、警備会社等の勤務を経て、現在無職。
30年近い山歩きや、神社仏閣の参詣、古墳等の史跡探訪で、様々な不思議現象を体験する。今は、不思議現象の一つとして、神社、お寺、山中でスマホ、デジカメに写った様々なオーヴ（神霊）写真の真相解明に取り組んでいる。

安政七年三月三日 江戸出開帳

—桜田門外の変 極秘話

2025年2月15日 初版第1刷発行

著 者 山河 邑
発行者 瓜谷 綱延
発行所 株式会社文芸社
〒160-0022 東京都新宿区新宿1－10－1
電話 03-5369-3060（代表）
03-5369-2299（販売）

印 刷 株式会社文芸社
製本所 株式会社MOTOMURA

ISBN978-4-286-26202-4